Território da luz

Yuko Tsushima

Território da luz

TRADUÇÃO DO JAPONÊS
Rita Kohl

Copyright © 1979 by Yuko Tsushima

Os direitos da tradução para o português foram concedidos pelo Espólio de Yuko Tsushima por meio de Japan UNI Agency, Inc., e Patricia Natalia Seibel

Grafia atualizada segundo o Acordo Ortográfico da Língua Portuguesa de 1990, que entrou em vigor no Brasil em 2009.

Título original
Hikari no ryōbun

Capa
Cristina Gu

Foto de capa
Ittetsu Matsuoka

Preparação
Julia Passos

Revisão
Valquíria Della Pozza
Ana Alvares

Dados Internacionais de Catalogação na Publicação (CIP)
(Câmara Brasileira do Livro, SP, Brasil)

Tsushima, Yuko, 1947-2016
  Território da luz / Yuko Tsushima ; tradução Rita Kohl. — 1ª ed. — Rio de Janeiro : Alfaguara, 2025.

  Título original : Hikari no ryōbun.
  ISBN 978-85-5652-251-1

  1. Ficção japonesa I. Título.

24-228498	CDD-895.63

Índice para catálogo sistemático:
1. Ficção : Literatura japonesa   895.63
Cibele Maria Dias – Bibliotecária – CRB-8/9427

Todos os direitos desta edição reservados à
EDITORA SCHWARCZ S.A.
Praça Floriano, 19, sala 3001 — Cinelândia
20031-050 — Rio de Janeiro — RJ
Telefone: (21) 3993-7510
www.companhiadasletras.com.br
www.blogdacompanhia.com.br
facebook.com/editora.alfaguara
instagram.com/editora_alfaguara
x.com/alfaguara_br

Território da luz

Território da luz

O apartamento tinha janelas voltadas para as quatro direções.

Ficava no último andar de um edifício antigo, onde vivi por um ano com minha filha pequena. Ocupávamos todo o quarto andar e a laje da cobertura. No primeiro piso, que dava para a rua, ficava uma loja de câmeras fotográficas, e o segundo e o terceiro pavimentos eram divididos ao meio e usados como salas comerciais. Em uma delas, funcionava uma empresa composta apenas de um casal, que produzia brasões de família em ouro sob encomenda. Nas outras, um escritório de contabilidade e uma escola de tricô. A sala do segundo andar que ficava virada para a rua, entretanto, permaneceu desocupada durante todo o período em que morei no prédio. De noite, depois de colocar minha filha para dormir, às vezes eu entrava escondida nessa sala para andar pelo espaço vazio ou abrir uma fresta da janela e apreciar a vista, levemente diferente da minha.

Parece que, antes, o meu apartamento fora usado como residência do antigo proprietário, o que explicava algumas vantagens, como o acesso exclusivo à laje, onde havia uma sala de banho espaçosa com ofurô. Por outro lado, a manutenção da caixa-d'água e da antena de TV acabava ficando por minha conta, e todo dia, depois que os funcionários dos escritórios iam embora, eu precisava descer até o térreo tarde da noite e baixar a porta de aço que levava às escadas, tarefa que caberia ao proprietário.

Fui a primeira inquilina a se mudar depois que o prédio inteiro foi posto à venda e comprado por uma empresária famosa na região, de sobrenome Fujino, e renomeado como Edifício Fujino III. Pelo visto, essa empresária costumava lidar apenas com imóveis comerciais, e aquele, além de ser o primeiro que ela alugava para uso residencial, ficava em um prédio antigo e tinha uma planta peculiar, desenhada para o dono. Assim, sem saber se conseguiria um locatário, ela fez um teste e o anunciou por um valor bem baixo — uma coincidência que, para mim, foi uma sorte inacreditável. Também por coincidência, o nome do edifício era igual ao sobrenome do homem com quem, na época, eu ainda estava casada. Por causa disso, fui confundida com a proprietária durante todo o tempo que passei lá.

No alto de uma escada íngreme e estreita ficava uma porta de alumínio, logo em frente à saída de incêndio. O patamar era tão estreito que para abrir a porta do apartamento era necessário voltar alguns degraus, ou então afastar o corpo em direção à saída de incêndio. A escada de emergência era vertical, descia em linha reta até a rua. Se algo acontecesse, eu provavelmente teria mais chances de me salvar se agarrasse minha filha e me lançasse pelas escadas regulares do que se tentasse escapar por ali.

Entretanto, uma vez aberta a porta, você encontrava o apartamento sempre inundado de luz, a qualquer hora do dia. O piso vermelho da cozinha, logo diante da entrada, amplificava essa claridade, e era impossível não estreitar os olhos acostumados à penumbra da escada.

— Uau, que bonito! E quentinho! — gritou minha filha de quase três anos na primeira vez em que foi banhada pela luz do apartamento.

— É quentinho mesmo! O sol é tão bom, né? — comentei.

— Claro que é! Você não sabia, mamãe? — declarou ela, orgulhosa, correndo pela cozinha espaçosa.

Com aquela abundância de luz, consegui proteger minha filha da mudança de ambiente. Tive vontade de fazer um carinho de autocongratulação na minha própria cabeça.

A janela que recebia a luz da manhã ficava em um cômodo pequeno como uma despensa, de pouco mais de três metros quadrados, ao lado da entrada. Decidi usá-lo como quarto de dormir. Espiando por essa janela leste, viam-se os varais das casas vizinhas apinhadas e as lajes de construções mais baixas que o Fujino III. Naquelas ruas comerciais, perto de uma estação de trem da ferrovia nacional, nenhuma casa tinha quintal, então as coberturas e os terraços eram usados para secar a roupa e estavam atulhados de vasos de plantas e até cadeiras de descanso. Nesses espaços, que me pareciam muito convidativos vistos do alto, às vezes eu via idosos de *yukata*.*

Nos três cômodos do imóvel, que se seguiam em fila — o quarto pequeno, a cozinha e o quarto maior, de cerca de dez metros —, havia janelas voltadas para o sul. Por elas se via uma casa térrea antiga e, para além dela, uma rua lotada de bares e restaurantes de espetinho. Era uma viela estreita mas de trânsito intenso, onde buzinas soavam sem parar.

A oeste, isto é, na extremidade do apartamento comprido, uma grande janela dava para uma avenida onde passavam ônibus. Por ela, o sol vespertino e o barulho se derramavam implacáveis para dentro do apartamento. Na calçada logo abaixo avistavam-se as cabeças pretas dos transeuntes, rumo à estação pela manhã e voltando no fim da tarde. Também dava para ver a fila de pessoas no ponto de ônibus diante da floricultura, na calçada em frente. Sempre que passava um ônibus ou um caminhão, o apartamento no último andar estremecia

---

* Quimono leve de algodão, geralmente usado em casa como roupão ou em festivais de verão. (N. T.)

e as louças tilintavam dentro dos armários. Esse prédio onde fui morar com minha filha ficava na interseção de três ruas — quatro, se você contasse a viela do lado sul. Algumas vezes por dia, no entanto, uma confluência entre o semáforo fechado e a circulação de carros criava uns dez segundos de calmaria. Eu só percebia a pausa quando o sinal voltava a se abrir e todos os motores expectantes soavam de uma vez.

Por essa janela oeste era possível ver, bem à esquerda, parte do bosque de um jardim enorme, nas ruínas da antiga residência de um senhor de terras. Aquela pequena nesga de verde era uma preciosidade. O grande destaque da paisagem.

— Ah, aquilo ali? É o Bosque de Bolonha — eu diria, se alguma visita perguntasse.

Desse bosque nos subúrbios de Paris eu sabia apenas o nome, que memorizara como algo saído de uma história infantil — Bremen ou Flanders —, mas me divertia ao entoá-lo assim, de brincadeira.

Na lateral norte da cozinha ficavam um armário, o lavabo e a escada que levava à cobertura, um ao lado do outro. No lavabo havia mais uma janela, com vista para a estação e os trens. Era a favorita da minha filha.

— Dá pra ver os ônibus e os trens! E a casa balança! — ela se gabava para os colegas e as professoras na creche.

Só que, na semana seguinte à mudança, ela caiu de cama, com febre. Deixei-a com minha mãe, que morava sozinha num bairro próximo, para poder trabalhar. Eu trabalhava na biblioteca de uma emissora de rádio, emprestando fitas e documentos sobre as transmissões e organizando o material que era devolvido. Depois do expediente, passava na casa da minha mãe, ficava com minha filha até depois das nove da noite e então voltava sozinha para o apartamento. Se eu falasse com meu marido, com certeza ele me ajudaria, mas eu não queria depender dele, mesmo que para isso fosse preciso incomodar minha mãe. Acima de tudo, não queria que ele invadisse nem um centímetro dessa minha nova vida. Tinha medo de que ele voltasse a se aproximar de mim, um medo tão grande que surpreendeu até a mim mesma. Temia o tanto que ainda me sentia íntima dele.

Fujino insistiu para que eu voltasse para a casa da minha mãe. Ela mora sozinha, com certeza se sente só, e pra você também vai ser difícil cuidar da criança sem mais ninguém. Se você voltasse pra lá, eu ficaria mais tranquilo de me separar.

Ele já havia decidido onde iria morar, perto do trilho de uma linha de trem privada, e se mudaria em um mês, quando o imóvel ficaria livre.

Eu era incapaz de pensar para onde ir. Não conseguia acreditar de verdade na decisão do meu marido. Ainda pensava que ele poderia vir me dizer, rindo, que tudo não passava de uma brincadeira. Por que, então, me preocupar em decidir onde morar?

Respondi que não queria voltar para a casa da minha mãe. De jeito nenhum. Não queria tentar encobrir dessa maneira a ausência de Fujino.

Então ele disse que me ajudaria a encontrar um apartamento. Se você for sozinha, com certeza vai cair em algum golpe. É só o que me falta, você ir morar num lugar esquisito. Se isso acontecer, eu fico aflito e não consigo nem dormir direito. Então deixa comigo.

Era final de janeiro. Fazia tempo bom. Começamos a visitar imobiliárias juntos. Tudo o que eu precisava fazer era ir atrás dele, em silêncio. Nos encontrávamos em algum restaurante perto do meu trabalho e circulávamos pelo bairro.

Ele queria alugar um imóvel com dois quartos, cozinha com espaço para mesa de jantar, bem iluminado, com ofurô, por um valor entre trinta e quarenta mil ienes. Na primeira imobiliária em que entramos, riram da nossa cara, dizendo que um lugar assim não sairia por menos de sessenta ou setenta mil.

"Na verdade, é para ela e a criança morarem", explicou ele, olhando em minha direção. "Se fosse só para mim qualquer coisa serviria, mas para elas eu quero o melhor possível... Não tem nada, mesmo?"

No dia seguinte, o diálogo se repetiu em outra imobiliária. Não aguentei e intervim, sussurrando para Fujino:

"Não precisa ter ofurô. E pode ser só um quarto, tudo bem."

Depois me dirigi ao corretor:

"Se for de um quarto, tem bastante coisa por trinta ou quarenta mil, não tem?"

"Sim, nesse caso...", respondeu o homem, já abrindo o catálogo, mas meu marido me cortou, como quem dá uma bronca numa criança:

"Você desiste rápido demais, assim não dá! Mesmo que seja difícil bancar o aluguel por enquanto, depois de se mudar as coisas se ajeitam e você consegue. Só que o número de quartos não dá pra mudar depois... E por cinquenta ou sessenta mil? Nessa faixa tem alguma coisa?"

O corretor garantiu que na casa dos cinquenta poderia mostrar alguns imóveis que sem dúvida iríamos adorar, ainda mais se chegasse perto dos sessenta. Meu marido declarou que queria vê-los naquele instante. Ele estava tão mal financeiramente que eu precisei lhe emprestar o dinheiro do depósito do novo apartamento, mesmo sem nenhuma esperança de receber ajuda depois da separação. Ele dizia que queria deixar tudo para trás e recomeçar sozinho do zero, defendia que não morar mais comigo era o único caminho possível para escapar da situação trágica em que se encontrava. Desse modo, eu precisava ser capaz de cobrir todos os gastos apenas com o meu salário. Não queria ter que continuar implorando ajuda à minha mãe. Então não poderia pagar mais do que cinquenta mil ienes de aluguel, o mesmo valor do apartamento onde vivíamos até então. Calculei que, agora que não precisaria mais bancar as despesas dele, conseguiria me virar sem pedir empréstimos. Mas era uma conta bem otimista — cinquenta mil era mais da metade do que eu ganhava.

Naquele dia, fomos visitar um apartamento anunciado por sessenta mil ienes num edifício grande. Ficava perto do meu trabalho e não havia nada de errado com ele, mas não aceitei.

Quase todos os dias víamos algum imóvel. Um apartamento espaçoso, com quintal, por setenta mil. Num prédio que não aceitava crianças. Meu marido argumentou com o proprietário que era só uma criança, uma menina, que passava o dia na creche, mas é claro que não adiantou.

Pouco a pouco, o nível foi subindo. Eu já nem piscava ao ouvir um aluguel do mesmo valor que meu salário. Não ficava aflita nem achava absurdo. Eu e Fujino avaliávamos com cuidado e seriedade apartamentos que eu nunca seria capaz de pagar. No entanto, nenhum de nós se via como o possível locatário daqueles imóveis. Eu só estava acompanhando meu marido, e ele só estava me acompanhando.

"A gente vai hoje?"

Já era um hábito perguntar isso pela manhã. Se o dia estivesse bonito, eu seria obrigada a passar o meu horário de almoço correndo de um lado para o outro. E o tempo favorável se estendeu de janeiro até fevereiro.

Uma das casas tinha um cipreste bem ao lado da entrada. Havia cinco degraus de pedra antes de uma porta pintada de azul-claro, e no espaço de menos de um metro que separava a escada e a porta haviam plantado a árvore. Seus galhos encobriam uma janela, também azul-clara, que se projetava para fora da fachada.

"Nada mau, hein?", disse meu marido, entusiasmado.

"Só não gostei da árvore. Podia ser uma magnólia, ou uma cerejeira…"

"Um cipreste é muito mais chique."

Era uma casa de dois andares. No térreo tinha uma sala em estilo ocidental, onde ficava a janela da fachada, um cômodo escuro de dez metros quadrados e uma cozinha grande; na parte de cima havia dois quartos de tatame ensolarados e um terraço para secar roupa. Estávamos em êxtase. Comentávamos sobre todos os ambientes sorrindo, cientes da presença do corretor que nos acompanhava.

"Aqui dá pra receber muitas visitas!"

"É, minhas amigas podiam até passar a noite."

"Tem muito espaço para uma criança crescer. Eu também poderia passar a qualquer hora… Até eu gostaria de alugar esta casa! Aí colocaria minha escrivaninha lá na janela…"

"E a estante naquela parede."

"Isso! Ah, já sei: você subloca um quarto pra mim. Eu pago direitinho."

"Combinado. Mas não vai ser barato, hein?"

Nossa risada ecoou nos cômodos vazios, e o corretor esboçou um sorriso vacilante.

Não pude deixar de sentir, mais uma vez, que essa história de eu ir morar sozinha com minha filha era absurda. Qualquer lugar serviria para viver com o meu marido, mas sem ele todos me deixavam aflita.

De volta à biblioteca, passei algum tempo imaginando como seria minha vida naquele sobrado. Meu marido saiu muito contente, dizendo que eu devia pegar a casa de uma vez, que não precisava me preocupar com o aluguel, era só pedir ajuda à minha família. Eu instalaria um aparelho de som na sala da frente, que seria o lugar de comer e relaxar. O quarto escuro no térreo seria bom para dormir, e os do segundo andar poderiam servir de quartos de hóspedes até minha filha estar maior. Não, pensando bem, seria mais gostoso dormir num dos quartos bem iluminados e com chão de tatame. Quem será que viria me visitar, além do meu marido? Era perto do trabalho. Se eu convidasse, será que alguma colega iria?

Eu pensava em tudo isso quando apareceu um professor de colegial do interior procurando fitas cassete com leituras de poesia para usar nas aulas. Com a cabeça nas nuvens, coloquei as fitas no tocador, uma depois da outra. Antes de fazer os empréstimos, precisávamos tocar um trecho para os clientes, a fim de confirmar o conteúdo.

Por algum motivo, um trecho de uma das fitas alcançou de repente os meus ouvidos:

... Basta de perder-se em pensamento,
lança-te com ímpeto ao mundo.
Ouça o que lhe digo: quem medita
é como animal que um diabo obriga
a rodar em círculos o capim seco
*em meio a um belo pasto verdejante.**

"O que foi isso?", perguntei ao professor, surpresa.

---

* Trecho de *Fausto*, de Goethe, em tradução livre. (N. T.)

Aquelas palavras eram parte de um poema? O professor olhou em direção à janela e sorriu atrapalhado, achando que eu me referia a algum ruído vindo da rua.

Meu marido não apareceu naquela noite, nem na seguinte. Devia estar convencido de que a questão da casa nova estava resolvida.

Comecei a procurar apartamentos sozinha. Era a primeira vez que eu pisava desacompanhada em uma imobiliária.

A voz da fita cassete me fez recordar minha última mudança, quatro anos antes. Meu marido ainda era estudante, e fazia pouco tempo que eu trabalhava na biblioteca. Não morávamos juntos, mas ele dormia na minha casa dia sim, dia não. Até que recebi um telefonema dele quando estava no trabalho:

"Encontrei um apartamento! É num prédio novo, silencioso, bem iluminado, uma beleza. Já agendei a mudança pra este domingo."

Na noite anterior havíamos conversado pela primeira vez sobre procurar um lugar para nós dois.

Mesmo chocada — como você decidiu tão rápido? —, fiquei feliz por tudo estar resolvido sem eu ter trabalho nenhum. Não me incomodei com não ter sido consultada sobre onde iria morar. Estava imersa no prazer de me deixar levar por um homem. Eu havia saído da casa da minha mãe para que Fujino pudesse passar as noites comigo e estava num quarto arranjado por ele, numa pensão para estudantes onde um amigo dele morava. Ainda assim, seus afetos não se limitavam apenas a mim.

Eu só precisei fazer o que ele pediu. Comecei a empacotar minhas coisas no sábado à noite, e na manhã de domingo esperei o caminhão, que passou primeiro na casa dele. Eu não tinha quase nada, em um instante pusemos as coisas no caminhão. Subi na parte de trás com Fujino e partimos. Eu segurava um embrulho com discos de vinil, e ele uma sacola de papel com roupa suja.

Em meia hora chegamos ao nosso destino, um pequeno prédio no fim de uma rua sem saída, num bairro residencial.

"É aqui?", exclamei, animada. Era a primeira vez que via minha nova casa.

Vivemos lá durante um ano e meio, até eu engravidar.

Ou seja, o fato é que eu nunca havia procurado por conta própria um imóvel para morar. Era estranho, mas era verdade.

Sozinha, caminhei diligentemente à procura de apartamentos próximos à creche da minha filha. Quando percebi, o mês já havia virado. Era inevitável, por causa da faixa de preço que eu buscava, que só me mostrassem imóveis péssimos, o oposto de quando procurava com meu marido. Esmoreci muitas vezes. Ainda assim, quanto mais apartamentos apertados e escuros eu visitava, menos eu via a imagem de Fujino. Os cômodos não ficaram mais claros, mas comecei a sentir ali um brilho, como o que existe nos olhos dos animais. Alguma coisa me espreitava de volta. Apesar do medo, eu queria chegar mais perto.

Certo dia, me ofereceram um achado: um apartamento de dois dormitórios, num edifício grande e bonito, por trinta mil ienes. Fui visitar um pouco incrédula. Era um imóvel perfeitamente normal.

"Mas isso não faz sentido... Por que está tão barato?"

"É que houve um suicídio em família aqui", confessou o corretor, contrariado, sabendo que cedo ou tarde eu descobriria. "Foi com gás, então não teve nenhuma sujeira. Parece que brigaram sobre divórcio ou algo assim, aí o sujeito se matou e levou a família junto. Saiu até no jornal. Se tivesse sido só isso... depois outro casal alugou e a esposa acabou se enforcando...

É, se enforcou. Por que será, né? Aí ficou complicado. Já vai fazer um ano que estamos anunciando, e continua vazio."

"Ah… Será que foi um efeito em cadeia? Eles devem ter alugado acreditando que seriam mais fortes que os mortos", respondi, contendo o desejo de fugir logo dali.

"É… Até porque, ainda que a gente troque todos os tatames ou pinte as paredes, o registro de gás é o mesmo. Ali, ó", disse o corretor, apontando para um canto do quarto em estilo japonês.

Vi os corpos empilhados sobre o tatame, perto do registro.

"Acho que ela não conseguia deixar de ver os corpos…"

"Dizem que sofria de neurose. Era uma moça recém-chegada do interior."

Falei que precisaria de um tempo para pensar e fui embora correndo. O corretor respondeu que não precisava ter pressa, não era como se alguém fosse alugar tão cedo. Mas eu não confiava na minha capacidade de ser mais forte que os mortos.

Alguns dias depois, outro corretor me levou para visitar um edifício estreito e comprido. Suspirei desanimada ao encarar a escada íngreme, mas quando ele abriu a porta e entrei na cozinha, gritei para mim mesma que aquele era o meu apartamento. O piso vermelho ardia sob o sol da tarde. A luz se aglomerava nos cômodos vazios, há muito tempo fechados.

Quando minha filha ficou boa da doença causada pelo cansaço da mudança e voltou para a creche, as cerejeiras já estavam florindo. Ensinei a ela canções infantis, a da flor de cerejeira, a do cabritinho, a do corvo. A sala de banho fazia eco e era boa para cantar, mas o mais gostoso era soltar a voz na laje da cobertura. Modéstia à parte, me admirei com a beleza da minha própria voz. Comprei uma coletânea de músicas infantis, que cantava recebendo muitos aplausos da menina. E ouvia com atenção as palavras da fita — *Basta de perder-se em pensamento.*

Encore, bravo! Bravo!, com lágrimas de excitação, minha filha usava as expressões que aprendera em um livro para elogiar minha cantoria.

Eu não sabia o novo endereço do meu marido. Ele só me dera o número do telefone de um restaurante onde estava trabalhando. Pelo que ouvi dizer, a gerente era sua nova amante. Parece que tinha idade para ser sua mãe. Eu precisava admitir que, depois de envolver todos os amigos num projeto de construção de um pequeno teatro e deixar apenas um rastro de dívidas, talvez fosse exatamente o tipo de pessoa de que ele precisava.

Fujino não gostou que eu tivesse decidido sozinha a questão do novo apartamento e se mudou antes de mim, ainda amargurado. Eu não tinha a intenção de deixá-lo entrar na minha casa tão cedo.

Ele viria, alguma hora. Mesmo temendo esse dia, eu começava a perceber que não seria mais capaz de me aproximar dele. Essa mudança me surpreendia — eu, que resistira tanto à separação. Mas não havia como voltar atrás.

Basta de perder-se em pensamento, lança-te com ímpeto ao mundo, dizia a mim mesma. Minha filha ainda não tinha se dado conta da ausência do pai.

— Quando chegar o verão, vamos colocar uma piscina na laje! Cabe uma bem grande — falei enquanto a botava para dormir. — E uma espreguiçadeira. Vou querer tomar uma cerveja… Podemos enfeitar com várias luzinhas, que nem um *beer garden*. Vai ficar lindo! E plantar várias flores. Girassóis, biris, dálias… A gente também pode ter um coelho. Ou um porquinho-da-índia, é tão bonitinho! Ou então algum bicho maior. Vamos pegar logo uma cabra, que tal? E galinhas também. Pronto, vamos transformar a cobertura num sítio! Os vizinhos vão levar um susto quando ouvirem a vaca mugir...

Minha filha me fitava, de olhos arregalados. Passei a mão por seus cabelos.

O quarto de dormir, apertado como um armário, era aconchegante.

Beira d'água

Passei a noite toda escutando o barulho de água do outro lado da parede. Deitada no meu quarto, no último andar do prédio, via as paredes molhadas de chuva, refletindo as luzes multicoloridas dos postes e dos neons. O som era leve, discreto. A que horas da noite teria começado? É possível que já estivesse assim quando fui dormir, mas também pode ter sido uma ilusão por eu estar quase despertando.

Chegou a manhã, escancarei as janelas, e os raios ofuscantes do sol invadiram o apartamento junto com o barulho dos automóveis. O céu estava perfeitamente azul. A cidade estava seca. Nem mesmo as áreas à sombra pareciam úmidas.

Satisfeita por ter mais um dia bonito pela frente, fui acordar minha filha, que ainda dormia. Não me perguntei o que teria acontecido com a chuva da noite nem estranhei a ausência total de poças. Era como se em algum lugar, num ponto inalcançável às minhas costas, continuasse a chover. A sensação da água caindo a distância permanecia próxima. Mas não cheguei a pensar que tivesse sido um sonho.

Se não tivessem vindo reclamar do andar de baixo, eu sem dúvida teria passado, mais uma noite, escutando aquele som, sentiria a mesma coisa na manhã seguinte e logo me esqueceria de tudo.

Tinha dado a primeira mordida na minha torrada quando alguém bateu na porta. Fui abrir apreensiva, me perguntando quem poderia ser, tão cedo. Dei de cara com um senhor gordo cujo rosto era familiar, mas na hora não consegui lembrar de onde o conhecia. Fiquei um pouco desapontada por não ser Fujino, que eu não via desde a separação, mais de um mês antes.

— Que água é essa? — soltou o homem, irritado, espiando dentro da minha casa.

Minha filha ficou parada na frente dele, examinando nossos rostos com curiosidade.

— A água! Não sei se está vazando ou se você deixou alguma coisa transbordar, mas dê um jeito nisso, rápido! Está tudo uma bagunça!

Finalmente percebi que aquele homem era meu vizinho, do escritório de baixo, então o cumprimentei atrapalhada e respondi:

— O que houve? Aqui não aconteceu nada.

— Ah, é? Só que no meu escritório não para de cair água! Com certeza tem algum vazamento na sua casa. Se você ainda não reparou, vai logo procurar!

Era o dono da empresa de brasões. Não deviam produzir os brasões naquela salinha, mas pela porta que costumava estar aberta eu via as caixas de papelão prontas para serem despachadas. Muitas vezes o encontrei carregando caixas ou comparando o conteúdo delas com o livro de registro. Ele entrava todos os dias às oito da manhã e com frequência ficava até perto da meia-noite. Ou o serviço era puxado, ou ele gostava muito de trabalhar. Qualquer que fosse o caso, para mim, que precisava abrir e fechar a porta do prédio, era um pouco inconveniente. Para ele também devia ser chato: se eu perdesse a hora de manhã ele tinha que esperar na rua, e precisava subir para me chamar tarde da noite. Dois meses depois de ele se instalar no imóvel, a proprietária abriu uma exceção e lhe deu uma chave da porta de aço do térreo, o que facilitou a minha vida.

A esposa dele, a única funcionária da empresa, costumava ficar até tarde também. No entanto, eu mal via o rosto dela. Se o marido vivia atarefado perto da porta, às voltas com as caixas, ela estava sempre presa à escrivaninha no fundo da sala. Usando um avental, como se fosse arear panelas na cozinha.

Como o homem insistia que a origem do vazamento estava no meu andar, tive que, mesmo preocupada com a hora do trabalho, verificar todos os encanamentos — a pia da cozinha, a máquina de lavar, o lavabo e a sala de banho na laje. Olhei até o quarto maior, por via das dúvidas. Como esperava, não encontrei uma única gota de água.

— Parece que o problema não é aqui... — declarei. Em seguida virei para minha filha que, agitada com a manhã incomum, ainda nem tinha começado a comer. — Toma logo seu leite, que já vamos sair. Senão a professora vai ficar brava de novo!

— Não fale bobagem, dona! Então o que é essa poça, hein? Olha só, bem aqui. Você tem que sair para ver.

O homem recuou dois degraus e ficou me olhando feio, até eu fazer o que ele estava pedindo e sair do apartamento, ainda com os chinelos de usar em casa. Assim que fiz isso, ele fechou a porta com violência e apontou para o patamar da escada. De fato, havia ali uma pequena poça. Olhei para o teto. A quina parecia um pouco manchada, mas também havia manchas assim dentro do apartamento. O corretor tinha me explicado que antigamente, antes de reformarem, a laje era cheia de goteiras.

— Olha, não sei o que foi, mas não é possível que essa pocinha... — eu ia dizendo, quando minha filha começou a chorar dentro do apartamento. Me apressei para abrir a porta, mas o homem agarrou meu braço.

— Eu tenho certeza de que a água está vindo deste andar! Enquanto a gente está aqui conversando, minha mulher está sozinha lá embaixo, feito louca. A gente chegou hoje de manhã e os papéis estavam todos encharcados. Venha ver, que você vai entender.

A menina chorou ainda mais alto. Ignorei o que o homem dizia, desci alguns degraus e abri a porta com toda a força. Expulso do pequeno patamar, ele se encolheu na lateral da escada.

Peguei minha filha no colo, quente de tanto berrar, e só depois me dirigi a ele:

— De qualquer maneira, já ficou claro que a origem do vazamento não está no meu apartamento. Então tente descobrir por conta própria o que aconteceu, por favor. Já estou atrasada para o serviço. Se precisar de mais alguma coisa, estarei disponível de noite. Volto às seis.

Sem esperar pela resposta, fechei a porta na cara do homem, que se afastou escada abaixo. Já estava na hora de sair. Passei uma toalha úmida no rosto vermelho da minha filha, desisti do café da manhã e saí, nervosa. Desci as escadas sem fazer barulho, temendo ser interpelada. Pela porta aberta do escritório, pude ouvi-lo vociferando xingamentos para a esposa. Devia estar descontando seu ressentimento.

Não dei atenção para essa história da água. Eu tinha sido obrigada a sair sem dar o café da manhã para minha filha, e ao chegar na creche, em vez de se despedir alegre como sempre fazia, logo que me aproximei da professora ela se agarrou tremendo em mim e desatou a chorar tanto que no fim foi preciso que duas professoras a arrastassem para dentro da sala, e para completar ainda cheguei atrasada, então a questão da água nem me veio à cabeça. Só fiquei irritada por ter precisado passar por tudo isso logo de manhã. Achei o comportamento do vizinho revoltante, de uma folga inacreditável. Ninguém podia aparecer na casa dos outros e fazer um escândalo daqueles, não importava o problema. Nem me lembrei do barulho que tinha ouvido durante a noite.

Na hora do almoço, quando eu e meu chefe direto, Kobayashi, estávamos sentados à mesa comendo pão e tomando leite como de costume, recebi uma ligação de Fujino. Kobayashi atendeu, disse que era meu marido e empurrou o aparelho em minha direção. Pedi licença e encostei o fone no ouvido. Ouvi a voz de Fujino, familiar e saudosa. Sentir falta daquela voz me deu uma raiva violenta. Eu costumava pensar que, quando ele viesse conversar comigo, nós só devíamos falar sobre como andava a vida de cada um, para não complicar a relação que envolvia nossa filha. Tinha até esperanças de um dia conseguir explicar por que no fim eu havia concluído que queria a separação, apesar de nem eu mesma compreender muito bem como isso acontecera. Mas, na hora, não fui capaz nem mesmo de responder com uma voz normal.

Não conseguia ignorar que Kobayashi estava escutando. Um dia, quatro anos antes, ele me passou outra ligação de Fujino. Na época já morávamos juntos, mas ainda não estávamos casados. Não lembro sobre o que falamos — quem sabe combinamos de nos encontrar, naquela noite, para jantar. Fujino ainda era estudante, e além de ter uma bolsa na universidade recebia uma mesada dos pais, então dos quatro anos que passamos juntos esse período foi o mais confortável financeiramente, e comíamos bastante fora. Eu estava satisfeita por viver uma vida nova sem ter que me desgastar com tarefas domésticas. Nesse dia, conversei com Fujino sem me preocupar se Kobayashi estava escutando.

Mas, quando devolvi o fone no gancho, ele ergueu o rosto e me disse:

"Tomara que ele se assente logo."

Fiquei surpresa e senti o rosto corar. Supunha que aquele homem mais velho, sempre concentrado na leitura ou na organização de documentos, não tinha tempo para pensar na vida pessoal de sua assistente. Será que ele tinha prestado atenção em todos os telefonemas até então? Eu não contara a Kobayashi sobre ter ido morar com Fujino, mas ele certamente havia percebido. Era óbvio, pensando bem, mas até aquele momento eu nunca tinha parado para pensar se meu chefe se preocupava comigo.

"Essa vida instável é desgastante, principalmente para a mulher... Você tem que se valorizar."

Assenti com a cabeça, atrapalhada.

Kobayashi havia sido locutor de rádio. Eu não entendia como era possível, com a voz rouca que ele tinha, mas soube que trabalhara com isso durante quase vinte anos, até que por algum inconveniente na vida pessoal passou a ser jogado de um setor para outro dentro da emissora e terminou como responsável pela nova biblioteca, construída como anexo. Era um senhor de mais de sessenta anos, antipático e pálido, mas os funcionários jovens o tratavam com muita intimidade, chamando-o de "Sr. Aposentado". Muita gente aparecia só para falar com ele. Todos pareciam se divertir dizendo coisas que o irritavam e então admirando as diversas expressões que surgiam em seu rosto ranzinza. Por essas conversas, fiquei sabendo que ele vivia sozinho.

Depois que Kobayashi fez esse comentário, passei a ser mais sorridente no serviço, em parte por apreciar seu cuidado comigo, em parte porque não queria que ele tivesse pena de mim. Ele também começou a me convidar para tomar café no meio do expediente, ou para, depois do trabalho, ir a um bar onde tinha uma garrafa com o seu nome. Disse que eu podia ir lá sempre que quisesse, que mulheres deviam ser livres ao menos para beber à vontade, mas achei que levar Fujino para beber da garrafa do meu chefe já era demais, e nunca frequentei esse lugar exceto nas vezes em que Kobayashi me chamou. Nós não tínhamos nenhum assunto em comum, e sua gentileza não deixava de ser um certo estorvo. Em qualquer ambiente, por mais que tivesse bebido, ele conservava a mesma expressão ranzinza e nunca perguntava nada sobre a minha vida particular, só falava de trabalho e de livros. Eu ficava sempre com a impressão de que, depois de me acompanhar até a estação, ele seguiria para outro bar, em outro bairro. Seu gosto pela bebida era notório.

No entanto, talvez esses convites me fizessem sentir que Kobayashi se preocupava comigo, pois foi ele, e não minha mãe, a primeira pessoa para quem quis contar quando eu e Fujino nos tornamos oficialmente marido e mulher. Toda vez que eu voltava tarde do trabalho por ter ido ao bar com meu chefe, Fujino me censurava e reclamava que eu não levava a nossa vida de casal a sério, e então eu ficava ressentida, tinha raiva de Kobayashi, cheguei até mesmo a questionar suas intenções. Apesar disso, acreditava que ninguém se alegraria mais do que ele ao saber do casamento.

Quando anunciei a novidade e me desculpei, com uma reverência, por ter causado tanta preocupação, Kobayashi riu sem jeito e murmurou que não tinha nada a ver com isso. Foi seu único comentário. Ainda assim, me senti parabenizada e, sorrindo, baixei a cabeça mais uma vez.

Depois disso não saímos mais para beber, até porque eu engravidei. Mas comecei a trazer pão e leite para ele também, e acabamos criando outro costume, o de almoçar juntos, sem pressa. Ouvíamos música no rádio portátil que levei para o escritório, ou fitas de programas antigos de que ele gostava, e às vezes algum frequentador da biblioteca trazia marmita e se juntava a nós. Depois que a bebê nasceu, passei muitos horários de almoço falando sem parar, tentando explicar a Kobayashi como ela era fofa e engraçada. Até levei fotos. Certa vez discursei longamente, orgulhosa, sobre o tal "Cinema Novo" que Fujino estudava na universidade, e ao qual pretendia dedicar sua vida. Quando terminei, Kobayashi disse apenas que seria melhor ele filmar a própria filha.

Sendo quem era, meu chefe sem dúvida tinha notado que no último ano eu estava cada vez mais calada e que minha expressão também vinha mudando. Quando comecei a usar os preciosos horários de almoço para pular de imobiliária em imobiliária, ele com certeza compreendeu o que estava acontecendo. Apesar disso, não consegui falar sobre o que havia se passado entre mim e Fujino, nem mesmo quando o informei sobre minha mudança de endereço. Eu não conseguia evitar a lembrança dolorosa da felicidade egoísta que sentira antes.

Amaldiçoei Fujino quando Kobayashi me passou o telefone. Por que ele precisava ligar para o meu trabalho? Como esperava que eu respondesse na frente do meu chefe? Eu vinha dizendo a mim mesma que teríamos que conversar com calma, e que se, porventura, isso nos levasse a voltar a morar juntos, seria ótimo. Mas aquele era o lugar errado e a hora errada. Tudo viria abaixo. Fiquei desorientada, mas concentrei toda a minha energia no rancor que sentia de Fujino. Como ele podia fazer uma coisa dessas?

— Há quanto tempo! Como você tá? E a menina? O que estão achando da casa nova? Daqui a pouco a gente podia se ver... Ei, fala alguma coisa. Tem alguém aí do seu lado? É, assim fica chato, mas dava pra responder de qualquer jeito. Você tá só falando com seu marido, o que é que tem? Ei, você tá me ouvindo? Fala que sim, pelo menos. Não vai nem responder?

Ignorei tudo o que Fujino falou e só perguntei, com a voz contida e tensa:

— Você tem algum assunto a tratar?

— Quê?... Isso é jeito de falar? Não posso te ligar sem nenhum motivo?

— Isso mesmo. Com licença.

Coloquei o fone no gancho. Não consegui olhar para Kobayashi, só me concentrei em comer meu almoço, mantendo o rosto baixo. No fim, enquanto tomava o leite, espiei na sua direção e vi que estava absorto no jornal, segurando seu hambúrguer com uma das mãos. Fujino não voltou a telefonar, talvez por respeito ao meu local de trabalho. Eu estava chocada com minha própria atitude e, ao pensar quão bravo ele devia ter ficado, não podia deixar de me arrepender. Minhas pernas tremiam, o fundo da minha garganta doía. No fim, quem tinha destruído tudo não fora Fujino, mas eu mesma. Senti que aquilo seria irreparável.

Quando me levantei, amassando o saco de papel onde trouxera as caixinhas de leite e os sanduíches, Kobayashi pediu:

— Será que você pode me trazer um chá? Hoje estou com uma sede...

Só então ergui a cabeça e, com a voz mais animada possível, respondi que sim.

Fui até a pequena cozinha, escondida por uma divisória, e preparei com esmero dois copos de chá. Minhas pernas continuavam bambas. Vim com a bandeja até perto da mesa de Kobayashi e então, apesar de não haver nenhum obstáculo no caminho, tropecei e derrubei tudo no chão. O meu copo sobreviveu à queda, mas o copo grande dele se partiu.

— Ai, desculpa! Sinto muito... — murmurei, me agachando para recolher os cacos.

O copo tinha quebrado praticamente ao meio. Ouvi a voz de Kobayashi acima da minha cabeça:

— Cuidado para não se cortar. Melhor usar um pano.

— Ah, verdade. Desculpa. Vou... vou pegar.

Corri até a cozinha ainda meio encolhida, sem perder tempo endireitando o corpo. Encontrei um pano, voltei até onde meu chefe estava e pressionei o tecido contra o piso fumegante. O calor do líquido atingiu minhas mãos num instante.

— Seu copo é mais forte do que parece.

Olhei para cima e vi Kobayashi segurando meu copo e comparando-o com os cacos do seu, que eu sem pensar havia largado sobre a mesa.

— Sinto muito...

— Não esquente a cabeça. Foi brinde de um restaurante de sushi.

— Certo...

Aos poucos o calor no pano foi se dissipando. Lembrei de repente do que acontecera naquela manhã e perguntei:

— Uma poça de água deste tamanho pode vazar para o andar de baixo?

— Não, que ideia. Se o piso não resistisse nem a esse tanto de água, não daria para ninguém entrar no prédio — ele respondeu, dando um raro sorriso.

— É, tem razão.

Sorri de volta e encarei o piso de linóleo, ainda molhado. Passei o pano sobre a poça mais uma vez. De repente, lágrimas jorraram. Sequei os olhos com a mão esquerda, disfarçando para Kobayashi não ver, e continuei enxugando o chão por muito tempo.

A certa altura ele foi ao banheiro. Na sua ausência, guardei o pano, joguei fora os cacos e retomei o trabalho, preparando novos cartões de empréstimo. O horário de almoço havia terminado.

No fim da tarde, um pouco antes do horário habitual, Kobayashi disse que eu podia ir para casa. Aceitei a gentileza e saí correndo. Minha filha dançou de alegria quando cheguei para buscá-la mais cedo que de costume. Antes de ir para casa, paramos para comprar comida. Mal pisamos na escada do prédio, o mesmo vizinho de mais cedo reapareceu. Deve ter percebido nossa presença pela voz aguda da menina. Vi, atrás dele, o rosto do corretor que administrava o edifício. Pela expressão de ambos, era evidente que estavam me esperando há algum tempo. Contive o impulso de fugir e continuei a subir devagar, um degrau de cada vez, com minha filha à frente. Ela subia a escada íngreme feito um cachorro, usando as mãos.

Quando chegamos ao patamar do segundo andar, o corretor entrou na minha frente tentando encobrir, com seu corpo magro, o vizinho que me encarava furioso.

— Com licença. A senhora me perdoe, é que na verdade estamos há mais de uma hora esperando. Este senhor queria que eu abrisse a porta do seu apartamento, mas pedi a ele que aguardasse só um pouco mais, pois com certeza a senhora voltaria em breve...

— Sendo que a gente está lutando contra o tempo aqui... — murmurou o homem.

O corretor sorriu como se me pedisse para não dar atenção a isso.

— O vazamento está muito forte, já começou a pingar até no primeiro andar. Como não está chovendo, tudo indica que a origem esteja no último piso, então sinto muito pelo inconveniente, mas será que poderíamos dar uma olhada?

Quando eu ia pagar o aluguel, sempre encontrava o corretor, um senhor de idade, magro e grisalho, ao lado da proprietária, uma empresária de cerca de sessenta anos que costumava ficar sentada no sofá da imobiliária. Ele me fazia pensar num velho mordomo ao lado de uma senhora aristocrática. Era discreto e elegante.

Acompanhei os homens até meu apartamento. A poça que vira naquela manhã havia crescido, agora todo o patamar estava molhado. A mancha no teto também aumentara. As gotas inchavam devagar até atingirem determinado tamanho então caíam, uma após a outra.

Primeiro, pedi aos dois que esperassem na porta e entrei para ver o estado do apartamento. Nada havia mudado desde a manhã. A casa resplandecia com o forte sol vespertino, todo o interior tremeluzindo como uma miragem. Minha filha ficou grudada em mim, cantando a plenos pulmões uma música nova que tinha aprendido na creche.

Por último, chequei o pequeno quarto de dormir. Fiz isso apenas para satisfazer o vizinho, certa de que não haveria nada de anormal, mas ali encontrei, afinal, algum sinal de água. Havia uma grande mancha que não estava ali no dia anterior. No lado oposto daquela parede ficava a escada.

Informei aos dois homens que havia encontrado uma mancha e o vizinho logo fez menção de entrar para ver.

— Me desculpem, prefiro que não entrem no quarto agora. Vamos ver como está a cobertura, que não olhamos hoje de manhã. — Aflita, direcionei os dois homens para a escada interna do apartamento. Fiquei tensa só de imaginar que eles veriam a bagunça do quarto e o futom que eu deixara largado no chão.

Na sala de banho não havia nada de estranho. Fui a primeira a abrir a porta e sair para o terraço. A cena que se descortinou foi tão inusitada que deixei escapar um grito. Na laje, que deveria estar completamente seca, a água reluzia e ondulava. Uma camada abundante de água límpida.

— Um mar! É o mar, mamãe. Eba!! É enorme!

Minha filha pulou com os pés descalços e, gargalhando sozinha, se pôs a chutar a água e a recolhê-la com as mãos para molhar o rosto. Suas pernas estavam imersas até acima do tornozelo.

Eu e os dois homens acompanhamos a correnteza até a origem, na caixa-d'água. Uma quantidade hipnotizante de líquido jorrava lá de dentro.

— Está escorrendo daqui para lá, e a parte que o ralo não dá conta acabou vazando para o andar de baixo. Deve ter uma rachadura em algum lugar... Mas, minha nossa, que cena!

Até o rosto do vizinho de baixo estava menos tenso, tamanho o choque.

— Bom, vendo como as coisas estão aqui, o melhor é agradecer. Acho que a gente até teve sorte, lá embaixo...

— Olha só como a menina ficou contente!

— Meus netos também adoram água.

Sorrindo, os dois homens observavam minha filha brincar na água.

— Mas como é que a senhora, logo aqui embaixo, não escutou nada?

Foi só quando ouvi essa pergunta que o som de água que me acompanhara durante a noite voltou à memória, de súbito. Aquele murmúrio distante. Então esse som podia ressurgir assim, na realidade? A sensação de ter sido pega desprevenida me deu um arrepio.

— Agora que você falou, acho que escutei alguma coisa... Mas quando acordei o céu estava azul e...

— Poxa, se você tivesse ido logo ver, a gente já tinha mandado consertar! — exclamou o vizinho.

Pedi desculpas com uma mesura desajeitada.

Ficou combinado que alguém viria consertar a caixa-d'água no dia seguinte bem cedo, e os dois homens foram embora.

Naquela noite, também tirei os chinelos e brinquei durante muito tempo no "mar" da cobertura, junto com minha filha. Apesar de não haver perigo nenhum, dava um pouco de medo ficar no meio daquele tanto de água e meu coração disparou. Fizemos guerra de água e brincamos de pega-pega, até as duas ficarem encharcadas. Com o corpo molhado, percebi que estava frio. Por mais que os dias estivessem esquentando, ainda era começo de maio.

Ao entrar no apartamento ouvi o último toque do telefone, que devia estar tocando fazia tempo. O rosto de Fujino me veio à mente. Com essa imagem, me ouvi perguntar a Kobayashi se eu teria de me responsabilizar para todo o sempre pela alegria que sentira quando fui morar com Fujino, pela minha felicidade ao oficializar nosso casamento, por ter tido uma criança com ele sem nenhuma hesitação. Imaginei Kobayashi respondendo com a cabeça que sim. Ao mesmo tempo, surgiu à minha volta uma multidão incontável de vultos, todos assentindo em conjunto.

Fujino era meu marido e pai da minha filha, mas agora, fazia mais de um mês, eu vivia uma vida sobre a qual ele não sabia nada, sobre a qual eu não conseguiria contar a ele nada, e se nada de muito relevante tinha acontecido nela, era exatamente essa tranquilidade que despertava o meu medo do futuro. Era como se eu visse diante de mim algo transparente, retorcido e frágil, que não deveria ser capaz nem mesmo de manter o equilíbrio, mas que não apenas se recusava a tombar como tentava fincar raízes e lançar novos brotos. Algo que só eu conseguia enxergar. Estava apegada demais a essa coisa nova e incerta para poder me encontrar de novo com Fujino feito marido e mulher, como se não fosse nada. O tom de voz dele, ao me tratar como esposa, agora me causava apenas estranhamento. Será que enquanto o próprio Fujino não tomasse a iniciativa de me deixar partir eu seria obrigada a continuar escutando essa voz distante, cujo sentido já não compreendia bem?

Será que eu não poderia esquecê-lo, mesmo tendo sido ele quem decidiu pela separação? Observei mais uma vez os vultos à minha volta. Todas as pessoas, que me pareciam familiares, assentiram ao mesmo tempo.

Naquela noite, o som da água continuou soando ao pé do meu ouvido. Dormi envolta por uma sensação macia e úmida.

Na manhã seguinte, consertaram a caixa-d'água num instante. A água límpida foi se esvaindo do terraço. Minha filha gritou com os encanadores em meu lugar.

— Não, não pode tirar a água! Seus malvados! Chatões!

No domingo, dois dias depois, vieram consertar o piso. No fim da tarde, quando me informaram que o serviço estava pronto, fui ver como havia ficado. Enquanto subia as escadas, relembrei à menina que ainda não poderíamos pisar no chão, como haviam me avisado.

Ela abriu a porta antes de mim e, ao ver o terraço, ficou agitada e soltou um grito ainda mais agudo do que o de quando vira o "mar".

— O que é que foi? — murmurei, e fui olhar também.

Não acreditei nos meus olhos. A cobertura inteira cintilava, num prateado intenso. A luz ofuscante feriu minha vista. Eu achava que consertariam apenas a área trincada, mas haviam recoberto o chão todinho, de um canto a outro, com fartas demãos de tinta impermeável. Se na primavera já brilhava daquele jeito, durante o verão não daria nem para olhar. No meio da cidade, meus olhos ardiam como se eu estivesse em uma planície nevada ou atravessasse o mar.

Um mar prateado.

Não consegui conter o riso. Pois não é que tinham criado outra paisagem incrível? E esse mar ninguém conseguiria tirar de nós.

Minha filha ficou hipnotizada com a laje prateada, dizendo que era lindo, que parecia uma estrela.

Fujino telefonou na noite do dia seguinte. Só fui capaz de reagir de um jeito que o deixou ainda mais irritado. Eu não conseguia entender por que minhas pernas tremiam sempre que ouvia sua voz.

Nessa noite, sonhei que estava sentada dentro de um recipiente em forma de estrela prateada. O recipiente girava, cada vez mais rápido, e quando dei por mim estava imprensada contra a parede pela força centrífuga. Gritei pedindo perdão e uma colega de ginásio respondeu, erguendo os olhos para a minha estrela:

"Por que você é tão errada?"

Era uma menina da minha sala mas com quem eu nunca tinha conversado direito, e que tirava notas excepcionais. Tinha um monte de amigos, pois além de ser sempre escolhida como presidente do ano escolar, também era bonita. Que coisa mais idiota, sonhar com alguém assim a essa altura da vida, pensei, ao mesmo tempo que me defendia, choramingando: não adianta você me falar isso, não posso fazer nada se sou errada. Além do mais, mesmo eu sendo assim, tem quem fique ao meu lado e não me abandone. De verdade. Sei que tem.

A colega, que se afastou balançando tristemente a cabeça, continuava sendo a adolescente linda de antes.

Domingo de árvores

Três grandes árvores apareceram diante dos meus olhos assim que cruzei o portão. Eram três zelcovas, tão altas que se destacavam mesmo em meio às outras árvores do Bosque de Bolonha. Eu já havia visitado aquele parque muitas vezes desde criança, mas era a primeira vez que reparava nessas árvores, quer dizer, no tamanho delas. Parei e ergui o rosto para olhar suas copas. Minha filha, que queria seguir adiante, começou a puxar meu braço com uma força inesperada. Desequilibrei várias vezes, mas apesar da insistência permaneci ali.

Estávamos logo depois do portão, com a guarita e o banheiro público à nossa esquerda, e ao redor, junto com o odor de terra e vegetação, pairava o cheiro desse banheiro pequeno e úmido, envolto pelo bosque escuro. As pessoas só paravam ali para esperar alguém sair do banheiro ou, se tinham vindo visitar o parque pela primeira vez, para ler as placas com o mapa e a história do lugar. A maioria dos visitantes seguia depressa pelo caminho de cascalho, obedecendo à pequena seta branca que indicava a rota. Minha filha também estava ansiosa para ir por ali.

— É pra lá, rápido. Vai acabar! Ei, o que é que você tá olhando?

— O que é que vai acabar? Para com isso e olha essas árvores, como são grandes.

— Vamos pra lá! Todo mundo tá indo.

— Tá tudo bem, olha lá no alto!

— Não quero!

Até aquele momento, eu também havia ignorado aquelas zelcovas enormes que ficavam bem na entrada. Voltei a fitar os galhos. Por que será que justo hoje eu as notara? O fato de terem aparecido para os meus olhos justo naquele dia me surpreendia mais do que o fato de até então passarem despercebidas. Olhar as copas altíssimas, os troncos que subiam reto com ramagens intrincadas, dava a sensação aflitiva de que eu estava prestes a ser erguida do chão e sugada para o céu suave e iluminado. Folhas frescas do começo de verão, ainda jovens, farfalhavam nas extremidades dos galhos. As luzes miúdas que refletiam se agitavam como insetos.

— Mamãe!

— Não me puxa desse jeito, que vai tirar meu ombro do lugar.

— Vou mesmo!

— Ai! Que é isso, menina?!

— Mamãe! Não tá me ouvindo?

— Estou sim senhora.

Mesmo assim, não tirei os olhos das árvores. A posição delas no solo formava um triângulo. No entanto, os galhos se misturavam e se sobrepunham, de forma que quanto mais altos ficavam, mais difícil era identificar a que árvore pertenciam. Fiquei examinando o elaborado padrão tecido por eles até minha visão se turvar e eu começar a sentir que aquilo era um tipo complexo de planta expelida pelo céu que, ao se aproximar do chão, tinha perdido o ânimo e decidido se enrijecer em três grossos troncos antipáticos.

— Anda logo! Sua chata!

Às nossas costas, passos se aproximavam sem parar, um emaranhado de pés pesados e leves que passava por nós e seguia até desaparecer no caminho de cascalho. Os passos caóticos das crianças. Os passos das mães arrastando os calcanhares. Os visitantes não cessavam de entrar pelo portão.

— Mexe essa perna, agora! Tô falando pra mexer!

Minha filha abraçou uma das minhas pernas e a ergueu do chão. Perdi o equilíbrio e quase caí, mas me agarrei ao tronco de uma das árvores.

— O que é isto? Me larga, vamos, solta!

— Não!! Vou destruir essa perna.

— Até parece! — zombei, e me sacudi com força enquanto ela, se recusando a largar, acabou pendurada na minha perna.

Encarei seu rosto. Ela me olhou de volta, pálida e brava. Não chorava como uma criança nem sorria para fazer as pazes. Você está julgando sua mãe, menina? Assim que esse pensamento cruzou a minha mente, dei um tapa no rosto dela e disparei:

— Se você quer tanto continuar andando, pode ir sozinha. Vamos, vai logo! Já estou de saco cheio. Ouço tudo calada, você não para nunca. É só reclamação, desde cedo! "Ai, tô chateada, ai, não tem nada pra fazer…" Você só fala de si mesma! Nunca pensa nos outros. Eu te trouxe aqui só porque você ficou insistindo pra sair, não foi? Então pronto, vai lá. Anda, não enrola.

Empurrei o rosto dela com violência. Em choque, a menina deu alguns passos para trás, de boca aberta, até trombar com um passante e então fazer uma súbita cara de choro, me dar as costas e desembestar a correr. Em um instante, havia desaparecido.

Sozinha, senti de repente que as pessoas estavam me olhando, e voltei a erguer o rosto para a copa das árvores. Tive uma vertigem. Não compreendia bem o que eu mesma havia feito. Ela tinha me dado medo. Só esse medo permanecia, agora, no meu corpo. Uma mãe que negava o pai à criança. Uma mãe que, sem nenhuma justificativa válida, queria puxar a filha para perto de si e expulsar seu pai a patadas. Ouvi a voz dele:

"Vamos, quero ver se você me convence: por que é melhor do que eu pra criar nossa filha?"

Eu não tinha uma resposta.

"É mesmo, por quê? Eu gosto muuuito mais do papai. Por que você não me deixa ver ele?"

Por que só as crianças podem chorar e se lamentar? O pai dela era Fujino. Um pai que já vivia com outra mulher e que na prática não tinha nenhuma intenção de ficar com a filha. Um pai que nunca enviara um centavo sequer. Apesar de tudo, a criança de quem eu cuidava sozinha pertencia a ele? Essa exaustão que eu sentia seria a parte que me caberia quando eu a entregasse, já criada, a ele? Sim, era isso. Eu podia chorar e me lamentar à vontade, nada mudaria o fato de que Fujino era seu pai.

Desejei não pensar mais nisso. Apesar de não fazer nem seis meses que vivíamos só nós duas, ou talvez justamente por eu estar aos poucos me habituando a essa nova vida, o cansaço que se acumulava dia após dia começava a me sufocar. Era impossível ignorar que, quando eu estava com Fujino, me acostumei a apoiar nele o peso do meu corpo. Quando eu pensava que nunca poderia permitir que ele percebesse isso, ficava ainda mais exausta.

Alguns dias antes, tinha me encontrado com Fujino. Ele ligou, disse que estava em um café nas redondezas e que eu devia ir até lá. Se eu não fosse logo ele viria até minha casa, então pus a menina para dormir e saí. Chegando lá, fiz um discurso explicando que ela estava se adaptando e que por enquanto eu achava melhor deixá-la quieta e esperar um pouco antes de se encontrarem. No fundo, minha esperança era que nesse ínterim ela se esquecesse do pai e ele também acabasse desistindo. Só que Fujino não se deixou enganar. Me recriminou pelo meu egoísmo e, antes de partir, me deu um tapa no rosto — como o que eu tinha acabado de dar na menina. Fez questão de ter a última palavra: disse para eu deixar de ser besta, que estava indo embora mas que, se eu achava que as coisas ficariam por isso mesmo, estava muito enganada.

Talvez fosse natural que ele agisse desse modo. Mas, ao chegar em casa, me entreguei às lágrimas, tomada por aflições que pareciam tolas até para mim. Em vez de me bater, em vez de me xingar, por que Fujino não me abraçava e me puxava para perto? A questão da menina era secundária, meu maior luto era ter perdido o homem que eu achava que era a pessoa mais próxima de mim no mundo.

Uma voz infantil soou à minha direita. Virei e vi uma criança desconhecida chamando a mãe na porta do banheiro.

Corri até a trilha. Será que eu conseguiria alcançá-la? Até onde ela teria ido? Vai ver tinha só se escondido por ali, à sombra de alguma planta, e estava me observando. Procurei nas moitas e nos arbustos. Não encontrei ninguém. Corri gritando o nome dela. Nenhuma resposta. O parque, apesar de lotado, estava completamente silencioso. Era difícil correr de sandálias no cascalho. Irritada, eu me perguntava pra que tanta pedrinha toda vez que escorregava e quase caía. A imensa quantidade de árvores também começou a me incomodar.

Que ideia idiota chamar de "Bosque de Bolonha" um jardim japonês sombrio como aquele. Nessa hora lembrei que no meio do parque havia um grande lago. Imaginei o corpo da minha filha boiando ali, em silêncio. Seria o meu castigo por ter falado daquele jeito e batido nela? Arranquei o avental e corri até o lago, abrindo espaço no ar com braçadas, como se nadasse em uma água azul-escura.

Naquela manhã, como todos os domingos, havia ficado na cama até perto da hora do almoço. Acordava com a voz da menina e voltava a dormir. Ao ver que eu não me levantava, ela me sacudia até se cansar e adormecer de novo, para depois despertar outra vez e se esforçar ainda mais para me acordar. Arrancava o cobertor, subia em cima de mim, puxava meu cabelo e arremessava com força blocos de montar e livros. Quando eu continuava dormindo mesmo com tudo isso, ela começava a chorar e dizer que estava com fome. Vai lá e pega pão, leite, o que quiser, eu respondia sem abrir os olhos. Nos minutos de silêncio que se seguiam, eu voltava a dormir, aliviada. Até seu choro chegar outra vez a meus ouvidos: derrubei o leite. Fiz xixi na calça. O copo quebrou.

Então eu enfim me levantava, resignada. Via a criança e o estado do apartamento. A mancha de leite que se espalhava pelo chão, os cacos de vidro brilhantes, os brinquedos espalhados, a geladeira aberta. Escorria sangue do dedo dela. A parte de cima do pijama estava molhada de leite e a parte de baixo, de xixi. Havia respingos de leite até no cabelo. Incapaz de brigar com ela, me punha a arrumar a casa, ainda de pijama.

Isso acontecia toda semana e, sem aprender com a experiência, eu continuava tentando dormir todas as manhãs de domingo. Mais um minuto que fosse. Deixava meu corpo se dissolver na cama, acreditando que só mais um pouco e aquela exaustão me abandonaria.

Naquela manhã tudo acontecera da mesma forma, até eu me arrancar para fora da cama amaldiçoando minha filha por não ter o mesmo apego que eu ao mundo do sono. Quando terminei de arrumar a casa e preparar o café da manhã, que também serviria de almoço, já passava de uma da tarde. Precisava lavar uma pilha de roupa, comprar comida, limpar a casa e então já seria hora do jantar. Ainda tinha roupa para passar e algumas outras para remendar. Só a perspectiva de tudo isso já me deixou exausta e voltei a me deitar no tatame. Então mais um domingo passaria assim, sem acontecer nada? Percebi que ansiava por algo. Mas sabia, já de saída, que essa expectativa seria frustrada. Não haveria nenhuma refeição animada só porque era domingo. Seríamos só nós duas à mesa, como sempre.

Fiquei olhando para a televisão, onde passava um programa de auditório. Não tinha ânimo nem para lavar a louça. A menina logo começou a me amolar: por que você vai dormir de novo? Hoje não é um dia normal, é domingo!

No fim, ela resolveu que queria sair de casa. Aqui é muito chato! Não tem ninguém. Vamos dar uma voltinha...

Ignorei-a por um tempo até que ela começou a fungar, dizendo que estava tudo chato, que ela estava triste.

Descemos as escadas, chegamos na rua e ela começou a cantar, animada: vamos pro Bosque do Bolo, vamos pro Bosque do Bolo!

É Bosque de Bolonha, respondi, de repente me animando também. Mesmo morando tão perto daquele jardim famoso, que eu apelidara de Bosque de Bolonha, e do qual admirava um pedaço verde todos os dias, nós nunca tínhamos ido juntas lá. Talvez até conseguíssemos alguns momentos dignos de um domingo. As árvores, a água do lago. O cheiro de terra e de mato.

Tá bom, vamos lá! Hoje o dia está bonito, acho que vai estar lotado, hein?

Peguei a mão dela e fomos andando. A entrada do parque ficava a uns dez minutos de casa.

Não a encontrei nem na margem do lago nem dentro d'água. No gramado em volta havia várias famílias sob o sol agradável, comendo lanches trazidos de casa. Três patos de asas encardidas beliscavam migalhas oferecidas por um pai com uma criança pequena. Algumas pessoas brincavam de bola.

Às pressas, me afastei dali e fui para dentro do bosque. Lá também havia alguns grupos sentados em toalhas de plástico, fazendo piquenique. Suas vozes ecoavam, risos e cantorias. Sentei no único banco de madeira que estava livre. Era tarde demais para me desesperar. Queria fumar, mas tinha saído de casa só com a carteira, e não conseguiria pedir um cigarro a um desconhecido. Olhei as pessoas fumando, as árvores que cresciam ao redor, o chão de terra aos meus pés. Vi várias coisas brilhantes. Examinei com mais atenção, curiosa, e percebi que eram lacres de latas de refrigerante.

Um menino da idade da minha filha se aproximou correndo. Endireitei o corpo, me perguntando o que ele poderia querer comigo, mas ele já tinha se afastado. Parou na frente de outro banco, onde alguém estava deitado de barriga para cima, e olhou na minha direção. Parecia sorrir. Me levantei e fui até lá para ver. No banco estava uma mulher que eu já tinha visto uma vez. Sorri para o menino, mas não sabia o nome dela nem tinha intimidade para acordá-la, então passei reto.

Eu havia conhecido essa moça duas ou três semanas antes, numa reunião de pais. Tinha chegado atrasada, então fiquei aliviada quando alguém chegou ainda mais tarde do que eu. Olhei para ver quem era e encontrei um rosto desconhecido. Será que a criança tinha entrado na creche em abril? A mulher vestia uma camiseta marrom e uma calça jeans, mas era do tipo em quem roupas masculinas só realçam a feminilidade. Tinha a pele clara e traços bonitos. A professora perguntou alguma coisa sobre como o filho dela se comportava em casa e, pela resposta, entendi que ela também vivia sozinha com ele. Fiquei com isso na cabeça por alguns dias mas não a encontrei mais, nem de manhã nem no fim da tarde, até aquele momento no parque.

Me afastei do banco estranhamente agitada, me perguntando se ela se lembraria de mim caso eu puxasse conversa. Eu não esperava que se lembrasse. Na reunião não disse nada que desse a entender que o pai da minha filha havia nos deixado. Nem tinha contado para as professoras. Será que ela ao menos me acharia familiar?

"Já nos vimos antes?", ela poderia perguntar.

E então eu falaria da reunião e aproveitaria para sondar, como quem não quer nada:

"Você também vive sozinha, não é? Seu marido é falecido? Ou…"

Eu tinha a impressão de que ela responderia sem rodeios.

Continuei a imaginar nossa conversa enquanto subia a montanha por um caminho estreito em meio às árvores. A tranquilidade de alguém capaz de se deitar em um banco no meio de um bosque e dormir, mesmo acompanhada por uma criança pequena, exercia uma atração irresistível sobre mim. Aquela mulher parecia estar livre de algo que ainda estava impregnado em mim e me fazia sofrer.

"Sabe, não faz muito tempo que fiquei sozinha, mas já estou tão cansada. Nunca conseguiria fazer como você… Na verdade, agora mesmo minha filha sumiu, e não sei nem por onde começar a procurar nesse lugar enorme."

"Ah, isso é fácil", responderia ela, alegre, e então se colocaria de pé no banco e soltaria um assobio poderoso. Minha filha voltaria correndo, veloz como um cão de caça.

"Viu? É assim que se faz pra chamar crianças", ela diria com um sorriso, e me ensinaria o jeito certo de assobiar.

"Bom, por que não jogamos algum jogo? Ainda tem tempo até o parque fechar. Do que vocês querem brincar?"

As crianças gritariam suas sugestões, animadas.

"Pega-pega!"

"Jogo do lencinho!"

"E se a gente aproveitar os bancos e brincar de pique-
-alto?", eu sugeriria.

"Boa ideia, vamos!"

Nós começaríamos a brincar e logo eu e minha filha esta-
ríamos suando como não fazíamos havia tempo.

"Divertido, não é?", ela me perguntaria num sussurro, e
eu concordaria, balançando forte a cabeça.

Continuei a subir a trilha na montanha, cada vez mais
rápido. Era apenas uma colina artificial no meio do jardim,
em cujo topo havia uma casa de chá com uma vista bonita.
Mas o caminho, tortuoso e cercado dos dois lados pelos galhos das árvores, dava a sensação de estar em uma montanha
de verdade. Alcancei a casa de chá em menos de cinco minutos. Lá, encontrei minha filha. Estava encolhida num canto e
parecia ter caído no sono de tanto chorar.

Aquela imagem me lembrou, de repente, do dia em que
um colega meu do primário se escondeu em um canto do
auditório. A escola passou horas em polvorosa com o desa-
parecimento. Todos se mobilizaram para encontrá-lo, não
apenas os professores, mas também os alunos. Eu fui para o
auditório. Não estava procurando de verdade, só achei que se
ficasse na sala os professores brigariam comigo, então escolhi
o lugar mais amplo da escola, onde achava que seria o mais
improvável de alguém se esconder. Ao chegar lá, porém, escutei um gemido sinistro. O som vinha de algum ponto atrás
da cortina do palco. Levei um susto e fugi o mais rápido que
pude. Não contei a ninguém. Não queria ter nada a ver com
aquele gemido. Fiquei na sala olhando o vazio e esperando
os colegas voltarem.

Eles por fim chegaram e disseram que o menino havia sido encontrado. Estava no palco, atrás da cortina, chorando! Tinha quebrado a perna, por isso não conseguia se mexer e ficou lá chorando, fez até xixi nas calças. Que burro, por que não gritou?

Concordei. Por que ele não pediu socorro? Que menino esquisito. Não pensei mais nada além disso. Mas como deve ter sido enorme, na verdade, a solidão que o envolveu. Uma solidão tão intensa que a mera ideia de pedir socorro era aterrorizante. Tão intensa que o obrigou a se esconder atrás das cortinas vermelhas, mesmo não havendo ninguém por perto.

Esse menino mudou de escola pouco tempo depois. Talvez sua transferência não tivesse nada a ver com o episódio do auditório, mas na época não pude deixar de sentir que as duas coisas estavam conectadas, e agora isso me parecia ainda mais evidente.

— Acorda. Você vai pegar um resfriado.

Cutuquei o ombro da menina. Ela fungou, manhosa, e em vez de se levantar, jogou o corpo sobre os meus joelhos.

— Ai, ai, fazer o quê… Fica de pé que eu te levo nas costas.

— … Tá.

Ela se levantou trôpega, sem abrir os olhos.

— Upa!

Fazia muito tempo que eu não a carregava assim. Tinha ficado mais difícil, ela já estava pesada. Quando enfim consegui me levantar com ela nas costas, fiquei zonza e perdi o equilíbrio por um instante. Agora eu precisava fazer coisas que um pai faria. Precisava treinar para poder ser pai quando a situação exigisse. Desci a montanha devagar, pisando com cuidado para não escorregar. Ela devia ter adormecido de novo, pois se tornou apenas uma massa quieta e pesada nas minhas costas.

— Upa, upa… — fui murmurando enquanto avançava, para manter o ritmo.

O cheiro das azaleias, cujas flores cobriam os arbustos e já começavam a murchar, era sufocante.

Chegando no pé da montanha, experimentei sacudir a menina, que continuava nas minhas costas. Não houve reação. Esfreguei a testa e os olhos e voltei a caminhar.

No bosque, não vi a mulher que dormia no banco. Nem o menino. As outras pessoas que estavam por ali começavam a se arrumar para ir embora. Sentei no banco, que parecia ainda guardar o calor do corpo dela. Minha filha murmurou, sonolenta, alguma coisa que não entendi. Ergui os olhos e fitei as árvores ao redor. Diferente das copas das zelcovas, essas eram pesadas e escondiam o céu. Era um bosque escuro, onde o sol quase não penetrava durante o dia. Quanta coragem devia ser necessária para passar a noite ali. A luz das estrelas com certeza não alcançava o chão, nem mesmo a da lua devia conseguir. Pensei de repente que gostaria de experimentar. Ao mesmo tempo, meu medo tomou forma e me dominou. Ainda devia ter bastante gente sentada na margem ensolarada do lago. Me levantei às pressas, ajeitei o corpo denso da menina nas costas e voltei a andar, agora em direção à água. Sentia algo no meu encalço, um peso, como se na escuridão alguma coisa reluzisse e tentasse me agarrar. Um brilho pequeno, mas quente.

— Ei, tem alguma coisa atrás da gente? Dá uma olhada — pedi à minha filha, que ainda não havia despertado por completo.

Ela olhou para trás, bocejando, e respondeu que não tinha nada.

— E gente, tem?

— Tem sim. Um vovô de óculos, uma vovó e…

— Tá, deixa pra lá — interrompi, desapontada.

— É de dar medo?

— Não, tá tudo bem.

Continuei a passos largos rumo à claridade do lago.

— É um lobo? Uma raposa? Um urso?

— Deixa isso pra lá, já falei.

— Mas é lobo? Ou raposa?

— É um lobo, tá? Um lobo. Agora fica quietinha.

— Não tem lobo aqui! Que maluca, mamãe.

— Ai, que menina chata! Então desce e anda sozinha.

Eu mais uma vez me deixava vencer pela irritação.

Mas ela não se incomodou e saiu correndo em direção ao lago. Fui atrás, ofegante. Bem na saída da trilha havia um salgueiro. A árvore, atingida em cheio pela luz do sol que começava a baixar no oeste, emitia uma claridade que ofuscou meus olhos acostumados à penumbra. Minha filha pulava tentando alcançar os galhos que pendiam em direção ao chão. Já sei, pensei, vou mostrar como alcanço vários, ela vai ficar surpresa! Protegendo os olhos com uma das mãos, fui até o ponto iluminado onde ela estava.

No outono daquele ano, fiquei sabendo que houve um incêndio no apartamento onde moravam a mulher e o menino que encontrei no parque. Por sorte os dois escaparam ilesos, mas o fogo tinha se alastrado para as casas vizinhas e causado duas mortes. A notícia até saiu no jornal, mas eu não havia reparado. Aparentemente, enquanto a mulher estava num bar aonde costumava ir, o filho quis brincar com o isqueiro dela e acabou causando o incêndio. Foi só então que eu soube, pela mãe de outra criança da creche, que o menino era fruto de um descuido e a mulher o criava sozinha, vivendo de aluguel em uma quitinete de dez metros quadrados onde, talvez por necessidade financeira, homens entravam e saíam durante a madrugada. Vi muitas vezes o menino andando sozinho por aí tarde da noite, disse essa mãe. Bem que eu pensava que aquilo não estava certo. Mas durante o dia ela trabalhava em uma empresa, então achei que apesar de tudo ia se virar. No fim deu nisso. Como será que fica a indenização nesses casos? Com certeza ela não tem dinheiro...

Descobri por essa mãe o endereço e fui lá ver, junto com minha filha. O fogo tinha consumido quase por completo três imóveis — o pequeno prédio de quitinetes onde eles moravam e duas casas ao lado. A madeira escura, carbonizada, traçava contra o céu ensolarado de outono linhas ousadas, como as de uma pintura abstrata. Já haviam se passado dois dias, então os resíduos menores, móveis e afins tinham sido retirados. Obviamente não encontrei, nos destroços cercados por cordas, nem a mulher nem o menino.

Onde será que ficava o apartamento dela? Acompanhando com os olhos as linhas da madeira enegrecida, me perguntei se teria sido isso o brilho quente que senti às minhas costas naquele dia no parque.

Ainda assim, me lamentei por não termos aproveitado juntas o fulgor do salgueiro. Na minha memória, essa árvore resplandecia como uma labareda.

Nesse outono fui pegar o formulário de divórcio na prefeitura.

Sonhar com pássaros

Havia muita gente sentada na sala. Eu não sabia bem por que estavam todos reunidos ali, mas a cena lembrava uma escola de caligrafia, as paredes cobertas de papéis brancos com letras desenhadas por alunos.

Alguém chamou meu nome. Um homem me olhava. Me aproximei. Ele estava vermelho e respirava com dificuldade. Andara bebendo.

"Foi você quem escreveu aquilo, não foi?"

Indicou com o queixo uma das folhas na parede. Não me lembrava de ter escrito nada, mas supus que, se ele estava dizendo, devia ter sido eu, e concordei com a cabeça.

"Tá péssimo. Melhor você se preparar, porque agora não tem mais salvação. Até eu fico mal."

O homem soltou um gemido doloroso. Imediatamente, senti medo do meu "papel". Então já não havia mais como escapar? Me agarrei, trêmula, ao homem que fedia a álcool. Seu corpo estava quente como o de uma criança enferma.

Ele gemeu de novo.

"Ai, não tem jeito… Eu não posso com a bebida."

Seus ombros se encurvaram, ele deixou pender a cabeça e continuou a gemer, sem dizer mais nada. A nuca estava inchada e vermelha como ovas de peixe. O suor encharcava seu cabelo e suas roupas.

Percebi que trazia comigo uma toalha de banho. Uma toalha branca. Comecei a bater de leve com ela na nuca do homem. Era preciso dosar a intensidade com cuidado para que fosse agradável para ele. Nem muito forte, nem muito fraco, num ritmo regular. Com esse gesto, queria mostrar a ele como me sentia. Minhas ações me davam vertigem, como se estivesse caindo em um abismo. Uma sensação de alegria ardente.

Desde que eu e meu marido começamos a ter conversas tarde da noite sobre morar separados, às vezes meus sonhos eram tomados por um prazer assim. Sonhava com homens diversos. Ao despertar, era confrontada com o fato de ter tomado como objeto um homem por quem não sentia nada. Seus rostos e sua aparência eram como roupas que podiam ser trocadas. A única coisa que tinham em comum era o fato de serem homens. No sonho, eu escolhia um entre todos os homens que já haviam cruzado meu caminho — o professor de um curso que fiz quando criança, um primo mais velho, o professor de matemática do ginásio, um menino que conheci num clube da escola e continuava com a mesma idade. O que eu fazia com eles também variava. Apenas o prazer que eu sentia era sempre igual, um prazer no qual claramente reluzia pavor.

Quando acordei, estava com o corpo imobilizado pelo da minha filha, com quem dividia o futom. Ela passara as pernas sobre meu peito e pressionava o rosto no meu braço. Por que eu tinha sonhos assim?, pensei, me amaldiçoando mais uma vez. A decepção que eu sentia ao acordar e ter o prazer interrompido me deixava ainda mais desanimada. Por que eu não sonhava com o prazer de ter uma criança nos braços? Era frustrante não poder escolher o sonho. Se isso pudesse ser usado como prova em um tribunal, com certeza julgariam que eu não tinha o direito de roubar minha filha do pai e criá-la como se fosse só minha. "É uma mãe lasciva que só sonha com esse tipo de coisa", diriam, e eu não teria como contra--argumentar. O prazer que sentia era forte demais para fingir que não me lembrava. Os homens nos sonhos sempre pareciam crianças doentes e nunca se deitavam comigo, mas sem dúvida o que eu sentia era um prazer sexual.

O terceiro aniversário da menina se aproximava. Ela nascera na estação chuvosa de junho, mas num dia de céu azul, em que fazia calor como se fosse verão. Enquanto esperava as contrações aumentarem, fiquei observando o céu pela janela do quarto do hospital. Que criança de sorte, eu e meu marido dissemos, rindo, assim que ela nasceu. Até o dia anterior, chovia e ventava muito.

Tive a ideia de usar o aniversário dela como desculpa para convidar algumas pessoas para o apartamento. Quando ela nasceu, muita gente foi nos visitar e dar os parabéns desde o dia que cheguei do hospital. Eram na maioria amigos do meu marido, mas todos olhavam a nenê com um sorriso no rosto. Eu assistia encantada à criança que dormia cercada todos os dias por adultos sorridentes. Registrei na memória cada presente que ganhamos, uma quantidade impressionante. Muitas roupinhas, sapatos, um móbile, uma caixinha de música...

Por mais próximas que essas pessoas tivessem sido, eu não podia chamar os amigos do meu marido para o aniversário de três anos da minha filha, muito menos os parentes dele. De todo mundo que tinha admirado, sorrindo, o seu rosto de recém-nascida, quem eu conseguiria convidar agora? Comecei a revisitar nosso dia a dia de três anos antes, trazendo de volta à memória cada pessoa esquecida, criando esperanças que logo se desmanchavam.

Não paravam de acontecer coisas ruins. Minha filha pegou a catapora que estava circulando na creche e precisou faltar um mês inteiro. Como eu não podia parar de trabalhar, a deixei com minha mãe. Só que ela também ficou mal de saúde, e na última semana fui obrigada a tirar uma licença. Pouco antes, meu chefe havia sido internado com cirrose, e quem o substituiu foi um homem chamado Suzui, aposentado por idade de outro departamento da rádio. Mesmo depois de ter alta, Kobayashi não voltou à biblioteca. Ouvi dizer que foi uma decisão pessoal, mas isso só me deixou mais chateada.

Suzui era um homem calado e metódico. Eu não podia reclamar dele como chefe, mas tendo me habituado com Kobayashi ao longo de quatro anos, fiquei desorientada, sentindo que até a biblioteca havia se tornado um lugar desconhecido. Foi bem nesse momento em que eu estava aflita e querendo me entender com a nova chefia que minha filha pegou catapora. Ao pedir para tirar a licença, tive que explicar a ele por que não podia contar com a ajuda do meu marido. Diferente de Kobayashi, Suzui não sabia nada sobre mim, e foi humilhante compartilhar esse fato antes de qualquer outra coisa. Ah, então vocês vão se divorciar, certo?, perguntou ele, e eu, me sentindo ridícula, respondi que ainda não sabia bem. Não conseguia continuar esperando meu marido, mas ao mesmo tempo não pensava em me separar no papel. Passei a semana de folga preocupada se Suzui iria querer me transferir para outro departamento. Ele não deve ter ficado feliz ao descobrir que sua única funcionária tendia a faltar.

Eu também não conseguia encarar minha mãe de cabeça erguida. Estava culpada por não voltar a morar com ela. Saí correndo daquela casa atrás de um homem, apesar de saber que sem mim ela ficaria sozinha. Agora não podia voltar como uma criança fujona só porque meu marido tinha ido embora. Não, eu tinha uma esperança ingênua e impaciente de que continuar vivendo sozinha era o caminho que me levaria a alguma salvação. Diante de minha mãe, essa esperança me deixava culpada.

Ela não me censurava por depender dela dessa maneira egoísta. Pelo contrário, mesmo depois de eu ter evitado sua companhia e me enfiado com a menina no último andar de um prédio comercial, ela vinha nos trazer comida. Arrumava sobre a mesa charutinhos de repolho, frango frito, espinafre com shoyu, se justificava dizendo que se fosse cozinhar só para uma pessoa acabava não fazendo nada, e logo ia embora.

Mas a simples ideia de passarmos o aniversário da menina só nós três — eu, minha mãe e minha filha — era insuportável. Modesto e melancólico demais. Pensar em aninhar a nossa solidão junto da minha mãe me apavorava, justamente por eu pressentir o enorme conforto que isso me traria.

Escolhi três pessoas para convidar para o aniversário. Só consegui pensar em três. Duas eram amigas do tempo da escola, a outra eu tinha conhecido na creche. Apenas um ano antes, as três costumavam aparecer lá em casa a qualquer hora e conversávamos com total franqueza, muitas vezes junto com meu marido. Tanto que ele chegou a deixar escapar para uma delas que nós havíamos decidido viver separados na época em que eu ainda via esses seus comentários como apenas um capricho. Como nós dois tínhamos o mesmo convívio com elas, mesmo quando deixamos de nos encontrar ainda tinham alguma noção do que se passava entre mim e Fujino. Depois da separação, ele às vezes telefonava para uma delas para ter notícias da filha, e então elas me ligavam, davam conselhos, analisavam os vários motivos dos meus desentendimentos com ele, e no fim tudo terminava em discussões filosóficas sobre a vida. Ou seja, ao menos por telefone, continuávamos em contato.

Só criei coragem para enfim ligar para uma delas na véspera do aniversário. No começo, quando tive a ideia de chamar amigos para comemorar, me empolguei acreditando que conseguiria recriar sozinha os encontros animados e descontraídos do passado. Passei um tempo entusiasmada, me divertindo com os planos — pensando nas comidas que faria, que era melhor ter um bolinho mesmo que fosse só para constar, que decoraria a mesa com flores e teria copos de papel para todo mundo. Mas, ao avaliar concretamente quantas pessoas convidaria, minha desilusão foi crescendo. O melhor talvez fosse desistir e fazer uma comemoração discreta na casa da minha mãe, mas não consegui aceitar a derrota com elegância. Parte de mim dizia que o problema era eu ser ansiosa e esquentar tanto a cabeça. Mesmo que só uma pessoa viesse, isso não poderia trazer alguma alegria inesperada?

Entretanto, a primeira amiga para quem liguei disse que não conseguiria ir porque seu bebê estava gripado. Depois acrescentou, rindo, que para um aniversário de criança o normal era chamar os amigos da criança, não? Por que eu não convidava o Fujino, que numa hora dessas devia estar agoniado, desejando comemorar com a gente?

Liguei para outra amiga na sequência. Era casada, mas não tinha filhos.

Cada ideia esquisita que você tem, exclamou ela, com uma risada. Eu não posso, amanhã já combinamos de a minha cunhada vir nos visitar. Mas me conta, como vão as coisas, hein? Vocês precisam refletir com muita calma, têm que pensar na criança... Meu marido também acha isso, a gente estava comentando outro dia. Ainda mais sendo uma menina.

Não quis dar o braço a torcer. Liguei para a última pessoa que havia planejado convidar. Eu a via quase todos os dias na creche, mas ultimamente não tinha tempo para conversar direito. Era enfermeira e estava de plantão naquela noite, então quem atendeu o telefone foi o marido. Eu costumava conversar à vontade com ele, já havíamos bebido junto com o meu marido, mas nesse dia fiquei atrapalhada, sem saber por quê. Quando ele perguntou se eu queria deixar recado, respondi rápido que não, tudo bem, e desliguei.

Já passava das dez. Minha filha tinha dormido uma hora antes. Ela estava mais ansiosa para voltar à creche na semana seguinte, agora que as lesões da catapora tinham cicatrizado e desaparecido, do que para o aniversário. Fui ver como ela estava, ajeitei o cobertor, então peguei a carteira e saí. Era insuportável continuar ali. Tentei dizer a mim mesma que essas coisas só aconteciam porque eu ficava inventando histórias e depois me afligindo com elas, mas isso não foi suficiente para me acalmar. Pensei que se eu tivesse convidado minhas amigas com mais antecedência, ou se tivesse simplesmente falado que estava com saudades e pedido que viessem me visitar, sem arranjar nenhuma desculpa esquisita, minhas expectativas não teriam sido destruídas desse jeito. Queria conseguir aceitar a decepção e deixar o assunto para trás, mas minhas pernas continuavam trêmulas. Eu estendera a mão tão temerosa, com tanto cuidado, como podiam afastá-la com essa brutalidade? Caminhei de punhos cerrados, encarando irritada os faróis dos carros que passavam.

Fui em direção à estação, passei por ela e segui por uma subida suave até chegar a uma bifurcação, onde entrei em um pequeno bar. Ficava no térreo de um prédio de apartamentos. Lá dentro havia um homem que parecia ser o dono e uma mulher de blusa preta com lantejoulas, um senhor revirando documentos de trabalho espalhados sobre uma mesa e uma mulher um pouco mais velha que eu, de pele morena, sentada ao balcão. Me juntei a ela e pedi um uísque com água. O lugar estava calmo. Um grande aquário de peixes tropicais projetava uma luz difusa nas paredes. Os dois funcionários estavam absortos em uma pequena televisão do lado de dentro do balcão.

No começo, preocupada em disfarçar que aquela era minha primeira vez sozinha em um bar, mantive o corpo rígido, sem olhar em volta. Mas quando enfim espiei os outros clientes, percebi que a mulher no balcão era familiar. Talvez parecesse com alguém que eu conhecia, ou então morava ali perto e eu já cruzara com ela na rua. Depois de ser tomada por essa curiosidade, não consegui mais tirar os olhos dela, e naquele ambiente apertado era impossível ela não perceber que estava sendo observada.

— O que foi? — perguntou, irritada, virando-se para mim.

Levei um susto com a pergunta súbita e não consegui dizer nada, só pedir desculpas. Depois acrescentei que tinha a impressão de que a conhecia de algum lugar. No entanto, de frente ela era bem diferente que de perfil, e percebi que na verdade eu nunca a havia visto. Não usava nenhuma maquiagem, exceto um delineado grosso, que chamava a atenção. Tinha a face redonda, sobrancelhas grossas e olhos grandes. Seus lábios me pareceram muito pálidos, talvez por ela não usar batom. Estava de sandálias, como eu.

— Se você for aqui do bairro, a gente pode já ter se cruzado. Eu moro do outro lado da estação — falei.

Ela por fim sorriu e respondeu, assentindo de leve com a cabeça:

— Moro aqui atrás. Não ando muito pelo outro lado, mas sabe aquela farmácia que tem ali perto? Vou bastante lá. Estou juntando os carimbos da promoção.

— Eu também!

E então a conversa deslanchou graças aos carimbos. Ah, essas promoções, a gente já sabe que não vai conseguir juntar todos, e que mesmo se conseguir, os prêmios nem são tão bons... Mas não tem jeito, depois que dão o primeiro carimbo a gente acaba querendo mais. Exatamente, é bem isso! Rimos juntas. Quando soube que ela também trabalhava em uma empresa e que de manhã passávamos pela estação no mesmo horário, me animei ainda mais. Nossa, é mesmo? Então vai ver a gente deve se cruzar todo dia, exclamei entusiasmada, e ela respondeu, arregalando os olhos grandes, que se a gente não tivesse se encontrado ali por acaso continuaríamos nos cruzando sem saber. Então vamos beber! Um brinde! Seus olhos já estavam vermelhos por causa do álcool.

Eu, que nunca fui forte para bebida, me embriaguei num instante tentando acompanhá-la. A mulher me contou, num sussurro, que estava estudando sânscrito.

— Logo vou pra Índia. E quando for, não volto mais. Quem quer voltar pra esse buraco? Você devia vir também.

Depois murmurou umas palavras incompreensíveis.

— Entendeu? Eu disse "A noite é escura, que venha a alvorada" em sânscrito. Não é demais? Ninguém lá no trabalho sabe. O pessoal mais novo me odeia porque eu sou mão de vaca, guardo todo o meu dinheiro. Falam que sou uma velha frustrada, acredita? Mas que se danem. Né?

Ela então falou mais algumas coisas que não entendi e rolou de rir. Só aí me dei conta de que ela era uns dez anos mais velha do que eu imaginara.

O dono do bar se juntou à nossa conversa, que já estava animada. Ela declamava em sânscrito, eu desembestei a cantar com gestos teatrais. O homem sacou um violão para me acompanhar. Me empolguei tanto que caí da cadeira. A dor me fez lembrar, de repente, da menina.

— Que horas são? — perguntei a ele.

Já passava da meia-noite. Pendurei meu corpo bêbado e oscilante na mulher e propus:

— Não quer ir lá pra casa? Preciso voltar, mas queria continuar bebendo com você. Vamos lá! Só tem minha filha em casa, é tranquilo.

Insisti, puxando-a pelo braço. Ela relutou, mas por fim se levantou e saiu comigo. Fomos andando em zigue-zague juntas, cantando alto. As ruas perto da estação estavam bonitas, cintilando com luzes de todas as cores. Em meio a elas serpenteava, vermelho, o caminho que levava ao meu prédio. Pulsava como uma veia.

— É aqui, ó, neste prédio. Moro no último andar.

— Hum — resmungou a mulher com um suspiro, sem olhar para cima.

— Vamos subir. Vai com cuidado, que a escada aqui é uma coisa de louco, hein?

Empurrei as costas dela escada acima e ia começar a subir quando alguém me agarrou pelos ombros. Virei e dei de cara com meu marido. Estava ofegante, de peito estufado.

— O que você tá fazendo?

Ele tinha a voz embargada. Levada pelo álcool, respondi com rispidez:

— Eu é que pergunto, o que *você* tá fazendo aqui?

— Como é?! E a menina, cadê?

— Na cama, dormindo que nem um anjo. Tchauzinho.

Acenei um adeus zombeteiro e virei as costas para ele. Num segundo, Fujino me puxou com as duas mãos e me derrubou com força no chão. Por um momento, não entendi o que havia acontecido. Minha cabeça se chocou contra a calçada. Me ergui gemendo e pulei nele. Ele também caiu no chão, comigo por cima. Cravei as unhas na cara dele, puxei seu cabelo, tentei estrangulá-lo. Logo suas mãos me lançaram longe. Pulei nele outra vez, e de novo fui arremessada.

— Para com isso, sua bêbada! Me deixa entrar logo. Que coisa ridícula!

Eu estava de quatro no chão da rua, incapaz de me mover. O que tinha dentro do meu estômago subiu pela garganta e abri a boca. Senti algo quente passar por ela. Confusa, fiquei pensando no que é que eu tinha feito. Não compreendia nada além de que ainda tinha sentimentos pelo meu marido. Seu corpo me trazia lembranças demais.

Quando a ânsia passou, fiquei de pé num pulo, aflita com o estado em que me vi. Fujino não estava mais lá. Percebi que, do alto da escada, a mulher me observava. Avancei em direção a ela e deixei a raiva tomar conta:

— Vai embora. Deve ter visto um belo espetáculo aí do alto, mas já acabou. Vai logo, já falei! Não adianta esperar, não vai ter mais nada.

Ela se afastou andando torto, em silêncio.

Baixei o portão do prédio, subi as escadas e, ao chegar em casa, cobri o rosto e chorei. Lágrimas desacompanhadas de qualquer emoção definida.

Na semana seguinte minha filha voltou para a creche e eu voltei para a biblioteca. Às vezes, minha mãe ia buscá-la. Não fui transferida, mas precisei trabalhar algumas horas a mais. Havia tanto serviço acumulado que tive a impressão de que demoraria seis meses para organizar tudo. Ficava muito grata por minha mãe me ajudar. Quando eu chegava na casa dela, umas oito da noite, a menina vinha me receber com muita festa, é a mamãe, a mamãe chegou! Me contava se tinha terminado de comer a merenda antes ou depois dos colegas, quais partes do corpo havia machucado, quem tinha brigado com quem e por que motivo.

— E também encontrei aquela vovó — disse ela um dia. Minha mãe concordou:

— É, ela sempre cumprimenta essa senhora com entusiasmo, e ela fica tão contente. Deve ser muito sozinha para ficar andando o dia todo naquele estado...

— É, não sei... — foi minha resposta evasiva.

As duas se referiam a uma velha que nós sempre encontrávamos no caminho para a creche. Tinha cabelos longos bagunçados e vestia um *yukata* encardido, com jeito de pijama. Mesmo no inverno ela estava sempre de sandálias de dedo, sem meia. Circulava a esmo pelo mesmo trecho, sem nada nas mãos, e não parecia ter família. Sempre que via essa senhora de manhã, minha filha a cumprimentava animada, bom dia, vovó!, e depois que passávamos por ela seguia repetindo, tchau, vovó!, até virarmos a esquina. No dia em que voltou à escola depois da doença, a senhora veio correndo quando nos viu e perguntou o que havia acontecido. Disse que pensava que nós tínhamos nos mudado, e eu, constrangida com sua gentileza, expliquei sobre a catapora. Ela riu, abrindo uma boca enorme.

— Ah, então agora vamos voltar a nos ver. Que bom! Doença não ganha de uma menina tão boazinha!

— Não, porque eu sou muito forte — disse minha filha, orgulhosa.

Me perguntei o que minha mãe teria pensado ao ver a velha. Será que ela, que perdera o marido ainda jovem e hoje vivia sozinha, via naquela figura algo que eu não conseguia enxergar? Eu gostaria que sim. Tinha que acreditar que sim. Elas não precisavam trocar confidências nem se dar as mãos, poderiam se entender com uma simples troca de olhares. Queria que a solidão de uma pessoa fosse capaz de ao menos gerar essa capacidade.

Passei a cumprimentar a senhora todas as manhãs junto com minha filha quando a encontrávamos. Cheguei mesmo a considerar que seria bom se pudéssemos ir viver com ela pois, para mim, expandir os limites daquilo que imaginava ser possível era um consolo. No entanto, uma hora paramos de encontrá-la. Talvez tenha ficado doente.

Algum tempo depois do aniversário da minha filha, sonhei com pássaros. Desde aquele dia, meu marido me atacava de várias formas — ao telefone, na porta da biblioteca, na frente do meu prédio. Esbravejava, perguntava o que eu estava pensando, por que eu o odiava tanto, e se acabava em prantos. Eu o encarava em silêncio, pensando como, na verdade, eu não o odiava, só sentia um medo tão grande que era incapaz de falar.

Peguei no sono sentada à minha mesa na biblioteca.

Vi uma árvore sem folhas. Um pássaro veio e pousou num dos galhos. Era uma ave tropical, grande, de testa vermelha e asas verdes.

"Têm aparecido cada vez mais passarinhos assim, que eram de estimação mas fugiram e se tornaram selvagens, como esses periquitos do Niassa", sussurrou uma voz perto de mim.

"Ah, são periquitos do Niassa", falei, e mais um pássaro chegou voando e pousou em outro galho. Enquanto eu notava que eram muitos, a quantidade deles foi crescendo, até a árvore ficar completamente tomada. Se espremiam uns nos outros, agitando as asas de cores extravagantes, e tombavam pesados no chão, como frutas maduras.

De todos os pássaros que existem, por que será que só esses estão ficando tão numerosos? Será que são tão fortes assim?, me perguntei, aterrorizada, no sonho.

Voz

De repente começaram os dias quentes de verão.

As janelas nos quatro lados do apartamento ficavam abertas o tempo todo, tanto durante o dia, enquanto eu estava na biblioteca, quanto durante a noite. Sem nenhum obstáculo entre elas, o ar circulava bem até demais, e passei muitas noites sentindo no rosto o roçar incessante das cortinas balançadas pela brisa. Certa vez, ao chegar do trabalho no fim do dia, encontrei todas as cúpulas de papel das lâmpadas amassadas no piso vermelho da cozinha, depois de terem passado o dia sendo lançadas de um lado a outro pelo vento. As cortinas, que eu me lembrava de ter deixado fechadas, estavam entreabertas e se agitavam ruidosamente. Um vaso que ficava no beiral da janela também havia caído. A terra, tão seca que parecia areia, se esparramara sobre o tatame, e a planta, morta havia semanas, tombara de lado, espalhando as raízes finas.

A cena sugeria algum outro intruso além do vento. Mas no verão, depois de ter passado todo o inverno e a primavera naquele apartamento, eu já não sentia o mesmo medo de antes. Pelo contrário, estava certa de que ninguém invadiria minha casa. Quando olhava a rua lá embaixo, me perguntava quem arriscaria a própria vida escalando uma fachada como aquela, totalmente vertical, para chegar até minha janela. Ninguém devia nem mesmo erguer os olhos e se dar conta da existência do apartamento.

Na verdade, o problema de morar naquela altura era cair.

Um dia, olhei pela janela aberta e reparei que, nas telhas de cerâmica da casa vizinha, cores brilhantes desabrochavam como flores. Essa casa abrigava uma loja de doces pequena e antiga, iluminada por uma única lâmpada nua, onde atendiam em turnos um velho magro, de gorro com abas para as orelhas mesmo no alto verão, e uma velha miúda como uma criança, que parecia ainda menor por ter as costas muito encurvadas. Pelo visto, viviam apenas os dois ali. Eu já tinha entrado na loja algumas vezes para comprar doces, por insistência da minha filha, e os produtos estavam sempre cobertos por uma camada esbranquiçada de poeira, que o senhor ou a senhora limpavam cuidadosamente com um trapo antes de me entregar.

De volta ao apartamento, ao observar o telhado da loja, notei que várias das telhas pretas estavam quebradas fazia tempo e que o mato crescia nas partes onde batia sol. Era impossível ignorar que aquela velha casa se aproximava de seu fim.

Meu coração se acelerou com um pressentimento ruim ao ver surgirem nesse telhado velho inesperadas manchas de cor. Debrucei o corpo para fora e forcei a vista. Eram papéis coloridos de origami. Papéis vermelhos. Papéis azuis. Verdes, amarelos, de todas as cores do pacote que eu dera à minha filha alguns dias antes. Deviam ter caído devagar, um por vez, dançando no vento até aterrissar nas telhas de barro. Cada folha havia sido puxada do pacote e lançada no espaço por uma mão pequena que se estendia da janela. Minha filha de três anos recém-completos deve ter rido alto de tanta alegria ao ver todas as cores flutuando no ar.

Quando eu era pequena, alguém caiu do terraço que ficava na cobertura da escola. Não vi a cena com meus próprios olhos, mas a história circulou entre os alunos. Diziam que a criança tinha caído lá do alto, mas que, por sorte, acertara justo o tanque de água para prevenção de incêndios e sobrevivera sem nem um arranhão. Era um tanque muito pequeno, até para os meus olhos de menina. Não devia ter mais de trinta centímetros de largura. Por muito tempo acreditei nessa história e me impressionei com a sorte daquela criança. Mas seria possível algo assim ter acontecido?

Quem sabe os alunos tinham inventado essa versão por conta própria. Alguém, ao ver o corpo da vítima, pode ter reparado que o tanque de emergência estava logo ao lado e pensado que era uma pena a criança não ter caído lá dentro, depois ficado com raiva da criança morta, ela tinha que ter caído ali!, e decidido esquecer aquela morte. A realidade não podia ser tão cruel. E então, talvez, quem viu o acidente voltou para junto dos colegas, sem olhar duas vezes para o corpo com a cabeça espatifada, e relatou rindo: acredita que alguém caiu lá do terraço? Só que ficou tudo bem, porque caiu direitinho na água, não machucou nem nada. Tem gente que faz cada coisa maluca.

Esse boato vinha sempre acompanhado de sorrisos. Ao perceber que, apesar de os adultos viverem botando medo, nem todo mundo que caía da cobertura morria, as crianças se sentiam superiores e não conseguiam conter o riso.

Ainda assim, depois que isso aconteceu passei a sonhar sempre que alguém caía em buracos profundos. Muitas vezes era o meu próprio corpo que caía, como se fosse tragado para dentro de uma expansão escura e sem contornos, mas também sonhei muitas vezes que era outra pessoa que despencava nas trevas de um abismo misterioso. Colegas de sala ou alguém da minha família. Caíam de precipícios ou do terraço da escola. Lugares tão altos que não dava para ver o que havia lá embaixo. A pessoa pisava para fora, despreocupada, e desaparecia de repente. Incapaz de me aproximar da beirada, eu ficava só escutando, com o máximo de atenção. A duração do silêncio era a profundidade da queda. Um segundo, eu contava, dois segundos, três segundos. Quatro segundos, cinco segundos, seis segundos. A tristeza me invadia — que altura absurda. Mas enfim um som chegava do fundo. Era como vidro se partindo, não, um som ainda mais bonito, mais agudo e límpido. Esse era, para mim, o som dos ossos humanos se despedaçando. Apenas ao ouvi-lo eu me tranquilizava.

Não sei quando parei de sonhar com quedas. Mesmo vivendo isolada naquele apartamento tão distante do chão, nunca sonhei que estava caindo.

Alguns dias depois de reparar nos papéis coloridos, voltei a olhar para o telhado vizinho e encontrei ainda mais coisas — móveis de casinha, bonequinhas de vestir, blocos de montar. O riso divertido da minha filha reluzia nas telhas.

Recebi um telefonema tarde da noite, quando já tinha me deitado. Era uma mulher que dizia ser amiga do meu marido. Pensando bem, eu me lembrava de ter ouvido aquele nome pouco antes de me separar. Fujino mencionara que ia começar um novo trabalho em parceria com ela, ou algo assim. Tinha quarenta e poucos anos e trabalhava como stripper. Os dois haviam se conhecido na época em que ele fez um bico como contrarregra num espetáculo de cabaré.

Disse que a ideia de me telefonar foi dela e pediu que, por favor, eu não dissesse nada a Fujino.

Meu marido havia parado de falar comigo no começo do verão. Até então ele aparecia ou telefonava a qualquer hora e em lugares que eram sempre inesperados para mim, e me acusava sem parar, dizendo que eu não deixava a filha ver o próprio pai, que em vez de tentar protegê-la e acolhê-la eu obedecia apenas aos meus caprichos, que passava as noites enchendo a cara em bares e procurando homens com quem pudesse me divertir. Até que um dia, uma única vez, eu não aguentei e implorei, aos soluços: por favor, me deixa em paz um pouco, desse jeito não consigo nem pensar, não importa o que você diga, eu só sinto medo, estou absolutamente exausta.

Na hora ele voltou a me xingar, disse que eu estava colhendo o que havia plantado. Mas quando percebi que sua voz não me cercava mais, cheguei a considerar que ele tinha ouvido o meu apelo. No entanto, isso não me parecia provável. Para ele eu já não era nada além de um alvo para o seu ódio. Pela filha, Fujino estava determinado a fazer o que fosse preciso para me dominar e me deixar sem reação.

Refleti por muito tempo se deveria me intrometer assim, continuou a mulher no telefone.

Trabalhei direto com Fujino até outro dia, então foi inevitável ouvir muitas coisas sobre a relação de vocês. Me perdoe. Ele parecia estar sofrendo tanto que só de ver eu sofri junto, inclusive porque já passei por um divórcio. Nós conversamos bastante, e talvez não seja da minha conta, mas não posso deixar de lhe dizer o que sinto. Ouvindo Fujino falar, não sei, tive a sensação de estar ouvindo sobre mim mesma no passado. Acabei gostando um bocado de você. É muito parecida comigo quando eu era jovem, sabe? E é por isso mesmo que eu queria que você ouvisse por um minutinho o que tenho a dizer. Já faz quinze anos que me divorciei. Na época tinha certeza de que, quando me livrasse daquele sujeito, enfim conseguiria viver como desejava. Estava confiante, certa de que ali começaria uma vida nova e maravilhosa. Não tinha medo de nada. Era tão garota… Mas, agora, me arrependo todos os dias. As coisas só pioraram depois do divórcio. Não encontrei nenhum homem com quem me desse melhor do que com meu ex-marido. Só que, por mais que eu me arrependa, não tenho como voltar atrás. Hoje sofro demais, por isso não podia deixar de dizer: não se separe. Você não odeia o Fujino de verdade, odeia? Ele também não te odeia. É evidente, pelo jeito como fala, que ele tem um sentimento profundo por você. Então não se separe dele por bobagens! Você não vai achar em lugar nenhum um cara tão incrível quanto Fujino. O que te espera depois do divórcio é só dificuldade. Não vai acontecer nada melhor, tenho certeza. Certeza absoluta.

A mulher me fez anotar o número de telefone dela, dizendo para eu ligar a qualquer hora se quisesse conversar, e desligou.

Uns dez dias depois recebi outra ligação, dessa vez de um professor que foi muito gentil com Fujino quando ele era estudante. Perguntou se eu tinha tempo para encontrá-lo, pois queria conversar comigo. Eu já o havia visto algumas vezes junto com meu marido. Era um homem simples, com quem me sentia confortável.

Nos encontramos em um restaurante, durante meu horário de almoço, e o professor me disse o que queria:

Sei que há muitas questões que só as pessoas envolvidas entendem, mas não seria bom você esfriar um pouco a cabeça e ouvir o que Fujino tem a dizer? Conheço várias mulheres divorciadas, e todas estão em situação lamentável. Isso de uma mulher viver sozinha nunca dá certo, entende? Eu só não quero que vocês sejam infelizes. Nem o Fujino, nem você. É tudo o que desejo. Então não vim aqui dizer para você não se divorciar. Mas como já vi muita gente nessa vida, faço questão de, no mínimo, falar o seguinte: você não vai encontrar nenhum homem melhor que Fujino. Não mesmo. Os homens que você conhecerá daqui para a frente vão ser cada vez piores. Na prática, é o que acontece. Não dá pra ter expectativas, viu? Todas acham que vai ser diferente com elas, mas no fim acabam na pior. Essa é a realidade. O melhor a fazer sobre o divórcio é nem considerar a possibilidade.

Concordei com a cabeça, obediente.

Naquele dia, Suzui faltou ao trabalho por causa de uma gripe de verão, então saí mais cedo para buscar minha filha. Costumava já estar deserto quando eu chegava na creche, mas nesse dia ainda havia muitas crianças. Encontrei na porta um menino com deficiência intelectual acariciando com uma folha de árvore estreita e comprida todos os sapatos que estavam na sapateira. Era uma criança de pele clara, olhos grandes e traços graciosos. Quase nunca virava o rosto para um adulto, exceto a mãe. Também era muito raro ouvir sua voz. Apenas os olhos guardavam sempre um brilho travesso. Não enxergava as pessoas, mas se divertia vendo a luz que banhava seus corpos.

Esse menino entrara na creche ainda bebê, e quando começaram a perceber que não se tratava de uma criança típica já era tarde para mandá-lo embora, então continuaram a cuidar dele. Só que ele não gostava de ficar fechado dentro da sala, e eu sempre o encontrava vagando pelas escadas ou pelos corredores perto da porta principal. Naquele dia vi de relance sua figura familiar na entrada e logo me esqueci do assunto.

Mais tarde, no entanto, passei a ver esse encontro como uma oportunidade especial que me fora dada. Me arrependi de não ter observado seus olhos com mais atenção.

Naquela noite, o menino caiu do nono andar do prédio de um conjunto habitacional e morreu. Não havia nenhum tanque de água para salvá-lo.

Três horas antes desse acidente, peguei minha filha na creche e voltei para nossa casa no último andar. Normalmente já me apressaria a preparar o jantar, mas naquele dia, talvez por ter ficado abalada com as palavras do professor na hora do almoço, estava sem vontade de cozinhar. Só larguei no chão as coisas que ela tinha usado na creche e saí outra vez, em direção ao restaurante de *yakiniku* do outro lado da rua. Uma vez por semana nós jantávamos lá. Graças à grande televisão em cores que havia ali, eu podia comer com calma, sem ter que entreter minha filha. Pedia sempre um prato feito para mim e uma sopa coreana de arroz com carne para ela.

Estávamos terminando de comer quando entrou no restaurante uma família vestindo *yukata*. Os quatro — pai e mãe e duas meninas — usavam esses quimonos de algodão. As crianças traziam balões de água e máscaras nas mãos. Lembrei que naquele dia havia um festival em um santuário ali perto.

Apressei minha filha e saímos em direção ao santuário. Conforme nos aproximávamos e víamos cada vez mais gente com o mesmo tipo de roupa, fomos nos animando. Enxerguei as luzinhas das barracas. Então era aqui que todo mundo estava, pensei. Me senti feliz por não ter sido deixada de fora.

O pátio do santuário fervilhava de gente, como eu esperava. As barracas se enfileiravam lado a lado, como eu esperava. Havia até uma grande tenda com um show de curiosidades. Bexigas, cata-ventos, balões de água, tudo reluzia sob a luz quente das lâmpadas nuas.

Eu e minha filha ganhamos peixinhos-dourados, pescamos balões de água e testamos nossas habilidades no tiro ao alvo. Tomamos raspadinha e comemos ameixas azedas caramelizadas. Comprei coisas para ela brincar de casinha e pequenos fogos de artifício. Depois de circular pelo festival uma vez, por mais que andássemos, tudo era repetitivo. Já não surgiria nada inesperado. Por mais que eu procurasse, não encontraria nada além do que meus olhos já haviam testemunhado.

Fui até um canto escuro do pátio e acendi um cigarro. Vendo a brasa arder, minha filha falou que queria acender os fogos que tínhamos acabado de comprar.

Está bem, concordei, mas só os menores. Tirei da embalagem plástica o maço de *senko hanabi*,* dei um para ela e o acendi com o isqueiro.

— Não mexe a mão, hein! Tem que deixar bem paradinha.

Tensa, ela estendeu o braço paralelo ao chão e concentrou a atenção no fogo sob seu cuidado. Pendurada na extremidade do bastão, a bolinha de brasa inchava pouco a pouco. Quanto maior a bola, maiores e mais bonitas são as faíscas que solta. Mas a chance de ficar pesada demais e cair no chão antes de explodir suas estrelinhas também aumenta. A do bastão da minha filha cresceu e começou a faiscar bastante. No entanto, nessa hora a mão dela oscilou e o bulbo de fogo caiu no chão.

— Poxa, que chato! Vamos de novo. Agora vou acender um também!

Dei outro bastão para ela, segurei um com a mão esquerda e acendi os dois ao mesmo tempo. No começo, o meu soltou faíscas exuberantes e formou uma bola grande, mas logo caiu, sem nenhuma elegância. O dela foi mais discreto, mas durou bastante. Ela prendia a respiração. Também prendi a minha e assistimos, hipnotizadas, até as faíscas arrefecerem. Quando enfim a pequena bolinha se soltou e caiu, minha filha soltou um suspiro decepcionado.

— Esse aguentou bem, né?

— Mas caiu...

— Não tem jeito, é feito pra cair.

— De novo!

— Tá bom, então vamos ver quem ganha. Desta vez vou me esforçar, hein! — falei enquanto entregava mais um *senko hanabi* para ela.

---

* Pequeno fogo de artifício popular no verão japonês. Deve ser aceso na extremidade inferior, enquanto é segurado pela haste fina e flexível. A pólvora na ponta solta faíscas, até se soltar e cair. (N. T.)

— Ah, que legal! Podemos brincar com vocês?

Ouvi de repente uma voz acima das nossas cabeças. Levantei os olhos, surpresa, e vi a mãe de uma colega da creche. A filha dela já estava agachada ao lado da minha. Eu nunca tinha falado direito com essa mulher, mas ouvia histórias sobre a menina quase todos os dias. As duas estavam de *yukata*.

— Vamos ver qual dura mais!

— Ah, claro, pode pegar — respondi, entregando o pacote de fogos que tinha sobre os joelhos.

Mas a mulher recusou sorrindo e apontou para a sacola plástica que a criança tinha nas mãos. Ali havia uma quantidade notável de fogos. A mãe buscou lá dentro pelos *senko hanabi*, deu um à filha e pegou outro. Com o fogo do meu isqueiro, acendemos todos ao mesmo tempo. Os rostos das quatro, agachadas em círculo, refletiram a suave luz vermelha. Como da outra vez, o meu formou um bulbo grande e espalhafatoso. A bolinha da outra criança foi a primeira a cair. Em seguida, foi a da mãe. Comecei a ter esperanças: quem sabe dessa vez o meu continuaria até o fim? Meu coração acelerou. Mas, como antes, minha bolinha de fogo caiu no meio do caminho. Mais uma vez, a da minha filha foi a que mais resistiu.

— De novo! — exclamou ela, jogando longe o bastão. Estava sem ar. — Me dá outro, rápido.

— Por que a gente não acende um diferente, pra variar? Olha este aqui, que tal? Chama "foguete"! — sugeri, aflita ao pensar como ela ficaria decepcionada se perdesse a competição. Nada garantia que, pela terceira vez, o dela seria o último.

— Não, quero esse! — berrou ela, estendendo a mão e tomando o pacote do meu colo. A mãe da outra menina deu risada.

— Nossa, que zangada! Será que alguém está com soninho?

— Não tô com sono! Vai, um para cada.

Primeiro ela empurrou um bastão contra o peito da outra criança, que o aceitou, obediente.

— Você também, tia!

Rindo baixinho, a mãe pegou o seu.

— E pra mamãe!

— Ai, ai... Os outros fogos tão chateados, esperando a vez deles.

— Não me importo.

Acendi o isqueiro. Mais uma vez, as quatro pequenas brasas começaram a brilhar.

— Sabe, fico com a impressão de que antigamente os festivais eram mais divertidos — murmurou a mãe.

— É que a gente era criança — respondi, fitando o bulbo de fogo que começava a crescer.

— Não sei se é só isso... Você também é daqui de Tóquio?

— Sou.

— Eu venho nesse festival desde pequena. Será que eu me divertia tanto só porque era criança? Pode ser, mas tenho a impressão de que não é só isso. Não sei bem... Hoje em dia, quando venho aqui, tenho a sensação de estar sendo enganada. Virar adulto é péssimo, né? Se eu soubesse que era tão chato teria aproveitado mais enquanto era pequena. Agora, todas as manhãs quando acordo já sinto um desânimo, é tudo tão sem graça... E não tem jeito, tenho que ir pra loja, trabalhar.

— Pois é. Ou seja, as coisas só vão piorando.

Lembrei do que o professor me dissera mais cedo e comecei a rir.

— Mas eu gosto de fogos de artifício. Se tiver isso, pra mim já está bom.

A bolinha pendurada no meu bastão caiu. Na sequência, a da minha filha e a da outra mãe também caíram. A da coleguinha foi a última. Minha filha desatou a chorar.

— É que vocês falam demais! Precisam ficar quietas!

Nesse momento escutei para além do choro dela um grito distante. Uma voz que despencava muito rápido. O grito de quando o chão debaixo dos pés desaparece e se transforma, inteiro, em escuridão. Me levantei e prestei atenção, ignorando as reclamações da minha filha.

— Mamãe! Mamãe!

— Aconteceu alguma coisa?

Fiz que sim com a cabeça. Nessa hora eu ainda não sabia o que era, mas assenti com convicção.

Na manhã seguinte, ao chegar na creche, fiquei sabendo do acidente do menino. Minha garganta ficou apertada ao lembrar do grito na noite anterior. Então tinha sido isso. Disseram que ele estava brincando sozinho no corredor do prédio, que era aberto, e acabou pulando pela balaustrada.

O que será que ele havia visto enquanto caía e gritava? Era de noite e as luzes dos postes, das casas e dos neons devem ter passado, como água, em volta do seu corpo. Talvez ele tenha encarado essa correnteza inédita com os olhos arregalados, se perguntando aonde ia. Aliás, o grito que eu ouvi pode não ter sido de desespero — pode ter sido de alegria.

Não contei a ninguém que havia escutado a voz do menino no último momento.

Durante todo o verão, as janelas da minha casa permaneceram abertas.

Minha filha continuou a jogar, escondida de mim, seus brinquedos no telhado da casa vizinha. Eu pensava no que aconteceria se ela tivesse a ideia de lançar pela janela o próprio corpo, e não conseguia brigar com ela.

Encantamento

Minha filha chorava sem parar. Ainda dormindo, dei as costas para o choro dela e me encolhi. Sonhos curtos se encadeavam, imersos nesse som, como imagens indistintas projetadas por uma lanterna mágica.

Uma cerca viva de roseiras, repleta de flores de um vermelho fluorescente. Tento agarrar uma delas, me sentindo muito satisfeita...

Começa a chover e não consigo sair da estação de trem...

Minha filha deitada sobre uma maca verde, enquanto eu choro. Você é a mãe, por que não foi buscá-la na hora?, soluça meu marido, sacudindo o pequeno corpo. Se tivesse chegado a tempo isso não teria acontecido... Sabia que eu devia ter ficado com ela.

Ela estava aos prantos. Finalmente me dei conta de que a menina chorava e abri os olhos. Estavam úmidos. A primeira coisa que fiz foi olhar o relógio. Duas e meia da manhã. Ela costumava chorar sempre nos mesmos horários — por volta das duas e perto da alvorada. Havia quase um mês que toda noite era assim. Eu não saberia dizer quando começou: quando dei por mim, ela chorava toda noite. Também começou a molhar a cama. E, conforme as noites de sono interrompido se acumulavam, ao vê-la chorando eu não tinha mais o impulso de acolhê-la em meus braços e consolá-la. O que sentia era vontade de lhe dar um tapa. Ainda que conseguisse conter a mão, desatava a brigar com ela, gritando que era impossível dormir com aquele barulho.

Isso são horas?! Para de bobagem. Por que você tá chorando? Vamos, me diz! Para de chorar e me fala. De que adianta, chorar assim? Ai, tá, não quero nem saber.

Ela chorava ainda mais alto. Eu, cada vez mais irritada, a afastava com violência.

Ó lá, fez xixi nas calças de novo, não foi? O que tá acontecendo, hein? Você nunca foi disso! Vamos, para de chorar. Chorar não ajuda. Fica quieta!

Ela soluçava vigorosamente. Eu continuava:

Que nojo desse pijama! E o futom tá encharcado, olha isso!

Que drama é esse, se foi você que fez xixi? Não tem mais pijama limpo, viu? E futom só tem este. Então dorme assim mesmo. Vai, tô falando pra dormir. Não adianta chorar. Não adianta, entende? Que inferno! Vou ter que te dar um tapa pra você entender?

Ela não parava. Eu desistia e a colocava de pé, tirava a calça do pijama, estendia uma toalha de banho sobre o futom para ela se deitar, depois ia até a cozinha molhar uma toalhinha e refrescar seu peito. O coração dela ia aos poucos se acalmando. Ela se agarrava a mim, ainda choramingando, até pegar no sono de boca aberta. Só ao ver seu rosto adormecido eu enfim despertava por completo e, aflita, afagava seu cabelo, acariciava seu rosto. Depois dormia também, sem perceber, mas quando o choro dela me acordava mais uma vez, perto do amanhecer, eu acabava fazendo tudo de novo.

Com a constante privação de sono, volta e meia eu adormecia durante o trabalho, na biblioteca. No fim da tarde, quando corria para buscá-la na creche, meu corpo já estava completamente exausto, não conseguia nem mesmo manter a cabeça ereta. Minha filha, porém, fazia birra para ganhar um sorvete ao passar pela loja de doces, corria para a rua atrás de gatos, ignorando os carros, e no fim vinha pedir que eu a levasse nas costas. Eu empalidecia de exasperação. Será que ela estava me testando, queria ver até onde iam as minhas forças? Arrastava meu corpo daquele jeito para zombar de mim? Seus traços eram tão parecidos com os do pai. Eu desviava o olhar de seu rosto e apertava sua mão. Nas horas que se passavam entre chegar em casa e ela dormir, eu me deitava sozinha e cochilava, tentando ignorá-la ao máximo. Depois, de madrugada, ela começava a chorar.

Minha maior preocupação não era o que fazer para a criança dormir mais tranquila. O que mais me desesperava era minha própria privação de sono, meu maior desejo era conseguir dormir sem despertar quando ela chorasse. Comecei a tomar mais uísque do que aguentava toda noite. Mas, por mais profunda que fosse a embriaguez em que mergulhasse, o choro dela sempre me alcançava. E esse pranto incessante era ainda mais enlouquecedor quando eu estava com a cabeça anuviada pela bebida. Chegava a ter vontade de cobrir a boca e o nariz dela com uma toalha molhada, mas em vez disso só batia de leve em sua cabeça, depois ia até a cozinha, despejava na pia o conteúdo do meu estômago e sussurrava *socorro, socorro*.

Naquela noite eu estava assim, imersa no álcool. O choro ecoava como o som de ondas. Só depois de me sentar na cama percebi que ela ainda estava viva. Olhei para a menina enquanto esfregava os olhos embaçados. Meus braços e minhas pernas tremiam, e os lamentos de seu pai no sonho continuavam a soar na minha cabeça. Estendi a mão para tocar nela, nos seus braços, nas suas costas. Senti a pele macia e quente. Ela estava viva. Eu não sabia o que era sonho e o que era realidade. Era como se o desejo impossível pelo qual eu implorara em sonho, diante da minha filha morta, tivesse se realizado. Mesmo que isso não tivesse acontecido de verdade, a gratidão que senti por ela ter voltado à vida foi tão grande que precisei apertar seu corpo vivo em meus braços. Era inacreditável que alguém como eu merecesse a sorte imensa de ainda ter a filha viva.

Quando dei por mim, ela havia adormecido, chupando a manga do meu pijama. Deitei-a sobre o futom, tirei a calça do pijama dela e fui para a cozinha. Ali, com as janelas sem cortinas, os neons e postes da rua clareavam tanto o ambiente que era possível distinguir as cores. Joguei a roupa suja na máquina e subi até a laje. Ainda havia algumas janelas acesas. Comecei a contá-las.

Naquela noite minha filha dormiu até de manhã, sem chorar.

No dia seguinte, acordei com ela puxando meu cabelo. Olhei o relógio — já passava das oito e meia. Me troquei às pressas, dei um leite a ela e saímos. Impaciente com seus passos lentos, corri com ela no colo até a creche. De repente me perguntei se, apesar de tudo, alguma parte de mim desejava a sua morte. Se não fosse isso, eu não sonharia com ela morta, certo? O corpo dela pesava. Meus braços formigavam, a visão escureceu. Continuei a correr, como se me agarrasse a esse peso.

Quando chegamos à creche, ela disparou animadíssima para junto das outras crianças, sem nem olhar para mim. No instante em que seu corpo se separou do meu, experimentei uma sensação de alívio.

Começava o oitavo mês desde que eu fora viver sozinha com a menina. Os dias ainda estavam quentes, mas de noite esfriava, e nós duas nos alternávamos pegando resfriados leves.

Eu vinha nutrindo a esperança de que, quando já estivesse habituada à nova casa, acostumada o bastante para circular de olhos fechados sem tropeçar, poderia relaxar e viver um cotidiano simples, com visitas ocasionais, como quando fui morar com meu marido. Passei muito tempo acreditando que seria assim. Era como se estivesse estudando para um vestibular — bastava me dedicar o bastante para ser aprovada e, depois, poderia viver tranquila, orgulhosa do meu feito. Sabia que devia abandonar minhas esperanças tolas e encarar de uma vez aquilo que, até então, não fora capaz de enxergar. Mas ainda não havia compreendido o que significava, na prática, abandonar a esperança.

Sem dúvida, desde que me mudara no inverno eu já me acostumara àquele apartamento. O piso vermelho da cozinha, recém-colocado, já estava ficando opaco, manchado pelo leite que minha filha derrubava quase todos os dias, rabiscos de giz de cera e escapes de xixi. Os tatames também já haviam mudado de cor. Até mesmo a poeira acumulada nos armários embutidos era familiar.

E então ela começou a chorar todas as noites. Mais do que o pranto em si, foi o meu comportamento — xingando, com vontade de sufocá-la — que me fez ver como seriam os longos dias que me aguardavam dali em diante. Desejei com todas as forças poder voltar para a minha vida de antes. Mas não era possível fazer isso, nem fugir. Eu não sabia se tudo era resultado das minhas próprias ações ou de algum outro desígnio. Descobri que aquilo que eu não fora capaz de enxergar até então era minha própria crueldade.

— O peixinho morreu! O peixinho morreu!

Certa manhã, fui despertada por essas palavras. Olhei o relógio, já estava perto da hora de acordar. Saí da cama a contragosto e fui levada pela mão até a cozinha.

— Olha, mamãe, ali! Olha lá.

Minha filha estava corada de excitação. Quando me aproximei do local indicado ela me seguiu, temerosa. Foi difícil encontrar o corpo do pequeno peixe-dourado no piso vermelho. Ele estava caído ao lado da bacia de plástico que usávamos como aquário, iluminado pela luz da manhã. Era o único ocupante da bacia, então a água também estava imóvel e sem vida.

Havíamos trazido esse peixinho do festival no santuário. Ao ser solto na água da bacia ele saiu nadando bem mais animado do que eu esperava, então supus que resistiria cerca de um mês e comprei ração em flocos, que eu e minha filha dávamos em intervalos irregulares. Foi nosso primeiro animal de estimação naquele apartamento. Como eu havia previsto, durou um mês. Eu só não imaginei que ele morreria pulando para fora da bacia.

Coloquei o peixe na palma da mão e o mostrei para a menina. Ainda não estava rígido.

— Morreu, mesmo. Ó, encosta pra você ver.

De olhos arregalados e com a boca entreaberta, ela encostou o indicador no peixinho.

— Ele não se mexe... E tá gelado.

Aos poucos foi ganhando coragem e, rindo como se sentisse cócegas, experimentou segurar as nadadeiras e bater com a unha na cabeça do peixe.

— Viu? Quem morre fica assim. As pessoas também. O peixinho não sabia, aí pulou pra fora da bacia...

— Que tonto, esse peixinho — disse ela, rindo.

— Ficou com pena?

— Não.

— O que a gente faz com ele? Quer aproveitar e comer?

— Eu não! — ela exclamou, surpresa.

Contive a vontade de rir e continuei, séria:

— Não desse jeito. A gente cozinha, bota molho de soja. Acho que pode ficar bom!

— Ah, não! Não quero comer o peixinho. Joga fora.

— É? Tá bom, vou jogar, mas parece gostoso...

— Joga logo!

Botei o peixe no lixo da pia. Depois peguei minha filha no colo e mostrei a ela o corpinho repousando em meio aos restos de verdura.

— Tá parado.

— Claro que tá. Quem morre fica assim, igual lixo. Se você morrer, também fica desse jeito. Então não morre, tá?

Ela concordou, dando risada.

Encarando o corpinho do peixe com mais apego do que a menina, me perguntei se com isso teria conseguido afastá-la um pouco da morte.

Certo dia, nessa mesma época, eu estava encerrando o expediente na biblioteca quando recebi uma ligação da creche. Era a jovem professora responsável pela turma da minha filha. Ela me informou, agitada, que Fujino fora buscá-la.

— Eu não entendi direito, mas nós o conhecemos bem, e ele chegou com tanta naturalidade... Imaginei que fosse a vez de ele pegá-la e deixei que a levasse. Fiz certo? Achei melhor confirmar.

Então esse dia havia chegado.

— Ele não falou para onde ia? — perguntei, alto demais, já me levantando da cadeira.

— Não falou nada. Então quer dizer que...

— Que horas foi isso?

— Agora mesmo, faz uns dez minutos. Puxa, que situação... É que a senhora não explicou direito.

— Era só me perguntar, não? Por que não me ligou para checar antes de entregá-la?

— Mas nós não temos como saber! A sua filha não é a única criança sob os nossos cuidados.

— Eu sei disso, é claro. Mas... Bom, vou direto para casa, então se tiver qualquer notícia, ligue no meu telefone residencial, por favor.

Devolvi o fone ao gancho e, largando as fichas de registro espalhadas pela mesa, acenei com a cabeça para meu chefe Suzui, que me observava, e saí correndo da biblioteca. Considerei pegar um táxi, mas naquele horário provavelmente chegaria mais rápido de trem. Desci correndo as escadas da estação, entrei no trem e passei a viagem toda tremendo.

Em meia hora, estava em casa. Abri a porta, olhei o apartamento vazio e só então me dei conta de que voltar para lá não me deixaria nem um pouco mais próxima da minha filha. Aqueles cômodos não sabiam me informar para onde meu marido a levara. Por outro lado, era inútil correr até a creche, e mesmo que eu saísse procurando pela cidade seria impossível retraçar os passos dela. Então não havia mesmo nada a fazer senão esperar ali. Eu não tinha o endereço de Fujino. Até onde sabia, ele vivia com alguma mulher, mas eu não tinha certeza. Da boca dele, tinha ouvido apenas que já havia se mudado duas vezes desde a separação.

Sentei à mesa de jantar, perdida, e fiquei esperando. Não conseguia pensar em nada, em fazer nada. Não conseguia nem mesmo sentir raiva de Fujino ou pensar no pior, que ele tivesse roubado a menina de mim. O tempo parou. Eu estava de olhos abertos, mas inconsciente. Poderia ter esperado assim por dias, anos.

Despertada pelo som de batidas na porta, recuperei de súbito a noção do tempo. Corri até a entrada como uma avalanche que desmorona e abri com força.

— Mamãe, cheguei! Olha o papai! Eu fui passear com o papai!

Minha filha pulou em mim, falando alto. Apoiei na parede meu corpo trêmulo e a peguei no colo. A imagem dela me ofuscou. Ela brilhava. A luz que seu corpo emitia era tão intensa que não consegui ver mais nada à minha volta. Coloquei-a atrás de mim e então olhei para a porta. Vi uma sombra escura ali.

— Demos sorte, está um dia tão bonito! Pô, que cara é essa, não precisa me olhar desse jeito. Eu não trouxe ela pra casa direitinho?

Me aproximei da sombra e, reunindo toda a força que encontrei, dei um tapa em seu rosto. O calor da pele de Fujino tocou a palma da minha mão. Seu rosto estava quente. Ele ficou atônito e eu deixei que lágrimas espessas como sumo de fruta rolassem.

Rápido, antes que Fujino abrisse a boca, bati a porta e a tranquei. Não fui capaz de olhar para trás. A menina ficou parada às minhas costas, em total silêncio. Continuei na mesma posição, cuidando para que nenhum som de choro escapasse da minha garganta. Fujino esmurrou a porta durante algum tempo e, antes de se afastar agitado pelas escadas, deve ter dado um chute nela, pois ouvi um barulho alto. Atrás de mim, tudo continuava quieto. Eu queria abraçar logo minha filha, mas não conseguia conter as lágrimas.

Quanto tempo terei passado assim, grudada à porta? Foi ela quem se aproximou de mim. Abraçou meu quadril e perguntou, num sussurro:

— Mamãe... o que você tá olhando? O papai já foi embora.

Fiz que sim com a cabeça e por fim me virei e entrei no apartamento. Diante da pia, tomei as mãos da menina, que continuava agarrada à minha cintura, e a coloquei na minha frente. Depois de secar meu rosto com uma toalha e assoar o nariz, a abracei.

— Minha cabeça tá doendo… Acho que bati em algum lugar — murmurou ela, como se falasse sozinha, escondendo o rosto.

— Ah, é? Então vamos fazer uma mágica. Xô dodói, xô dodói!

Entoei esse encantamento com a voz estremecida. Minha filha ficou observando meus lábios com o canto dos olhos.

No fim da tarde seguinte, a diretora da creche me parou para dar um sermão. Disse que uma situação indefinida como aquela era o que mais causava sofrimento a uma criança. Qualquer que fosse a minha decisão, ela acreditava que precisava ser tomada logo, pela menina. Avisou que por enquanto não entregariam mais a filha ao pai, mas que se ele pressionasse, querendo levá-la a qualquer custo, não poderiam impedir, até porque havia apenas mulheres na creche. Além disso, não tinham justificativa legal para mandá-lo embora. Qual era meu plano, como mãe? Ela entendia que aquele era um assunto complicado, mas se eu não me comunicasse direito com a equipe não conseguiriam cuidar bem da minha filha. Até então não haviam notado nenhuma mudança significativa na menina, mas…

Respondi que pretendia me divorciar e ficar com a guarda da criança. Que acreditava que meu marido já tinha aceitado isso, mas eu ainda não sabia que tipo de contato deveria haver entre os dois. Ele queria poder vê-la sempre que quisesse, mas eu não concordava. Se fosse assim, por que não continuava a viver conosco?

Então no momento você não quer que ela se encontre com ele, certo?, perguntou a diretora.

Concordei. Disse que no futuro as coisas poderiam mudar, mas por enquanto queria deixá-la quieta. Queria que ele a deixasse quieta. Ou, para a criança, era necessário continuar se encontrando com o pai?

Não posso afirmar com certeza o que deve ser feito em cada caso, respondeu ela, mas de maneira geral parece que é melhor as crianças não se encontrarem mais com o pai ou mãe com quem já não moram. No entanto, isso não significa que não possa haver algum contato entre eles. Só parece ser mais tranquilo para elas quando mantêm alguma distância.

Concordei e baixei o rosto, desanimada.

Enquanto se levantava, encerrando a conversa, a diretora quis confirmar minha posição. Então você não tem intenção de voltar a viver com ele?

Respondi que não. Está bem, completou ela. Nesse caso, faremos todo o possível para apoiá-la, como guardiã da criança. Mas você também precisa se organizar e cuidar bem dela, hein? Contamos com você, pelo bem da sua filha.

Por mais que tente me lembrar, não consigo retraçar a conexão entre o dia em que dei um tapa na cara de Fujino e o começo do choro noturno da menina. De todo modo, certamente havia alguma relação entre as duas coisas.

Certa noite, pouco tempo depois de ter sonhado com a morte dela, quando a madrugada chegou e ela começou a chorar como sempre fazia, deitei-a sobre meus joelhos como um bebê e, acariciando seu peito e sua barriga em círculos, comecei a entoar um encantamento.

— Que os sonhos ruins desapareçam. Nenhum sonho mau pode se aproximar desta menina. É uma menina muito boazinha e só pode ter sonhos bons. Por favor. Por favor. Que os sonhos ruins desapareçam. Nenhum sonho mau pode se aproximar desta menina. É uma menina muito boazinha e só pode ter sonhos bons. Sonhos muito alegres. Cheios de flores. Que ela sonhe que está dançando, com um vestido lindo…

Minha filha parou de chorar e ficou escutando minha voz, com um leve sorriso no rosto. Encorajada, entoei os pedidos com ainda mais fervor.

Dunas

O serviço foi muito rápido, terminaram tudo em duas horas. Rápido até demais. Quando os dois jovens saíram do apartamento, me despedi com uma mesura educada, me perguntando por que raios eu precisava agradecer a eles. Olhei para trás — telas azul-claras, novíssimas, cobriam todas as janelas e sufocavam o apartamento.

— Ficou tudo azul! Não dá pra ver lá fora — exclamou minha filha, correndo pela cozinha como na primeira vez que entrara ali.

— Fazer o quê... Não é como se não desse para ver nada. Podia ter sido pior — respondi, olhando a paisagem que, por causa da tela azul, parecia mergulhada numa névoa densa.

Uns dez dias antes, o velho da loja de doces apareceu no apartamento aos gritos. Eu estava dando comida para a menina, espaguete com molho bolonhesa em lata. Ela ainda não conseguia se alimentar sozinha direito, e quando eu tentava jantar junto ficava com as mãos e os olhos presos nela enquanto meu prato continuava cheio. Então comecei a dar a comida dela antes e, só depois, comer a minha. Esse era o momento mais esperado do meu dia. Matar a fome que me atormentava desde as cinco da tarde me trazia um prazer genuíno. Mas o jantar sempre terminava num instante, e a alegria se desvanecia junto com ele.

Fui abrir a porta irritada, me perguntando quem seria àquela hora, e ao encontrar o vizinho dei um sorriso de alívio. Achei que trazia alguma boa notícia. Era um velho antipático e ranzinza, mas que eu acreditava ser uma boa pessoa e a quem sempre cumprimentava com a maior educação possível. Foi ele quem me ensinou onde e como botar o lixo fora no dia em que me mudei. Certa vez, depois de perguntar sobre a minha família e descobrir que só eu e minha filha vivíamos ali, disse que devia ser difícil e se ofereceu para ajudar no que eu precisasse. Desde então passei a cumprimentá-lo com ainda mais deferência. Me sentia confortável com ele, acreditando que não lhe causava má impressão.

Mas, naquela noite, o velho mal me viu e começou a brigar comigo com a voz esganiçada e as bochechas trêmulas. No primeiro momento, de tão surpresa, não consegui compreender o que dizia e fiquei encarando seu rosto pálido. Essa atitude só exacerbou a raiva dele, que por fim vociferou com os punhos cerrados:

— Não se faça de idiota! Está achando que sou tonto, que não passo de um velho caduco, é? Nem tente disfarçar, fingir que não sabia. Onde já se viu, fazer uma coisa dessas com a casa das pessoas e depois ficar aí com essa cara!

Só então lembrei que, desde o verão, minha filha brincava de jogar objetos no telhado da casa dele. Eu tentava impedi-la de se aproximar da janela sozinha e a repreendia quando a pegava no ato, mas como só havia eu para vigiá-la não faltavam brechas. Acabei aceitando que aquilo era, em certa medida, inevitável, e fiz vista grossa, supondo que cedo ou tarde se interessaria por outra coisa. De fato, depois que começou o outono e passei a deixar as janelas menos tempo abertas, ela parecia ter se esquecido da brincadeira.

— Ah! Ela jogou alguma coisa de novo?

— Isso! Finalmente você resolveu ser honesta.

Ainda sem entender direito o motivo de tanta raiva, voltei rápido para dentro do apartamento, abri a janela da cozinha e olhei para baixo. Não dava para ver direito por causa da escuridão, mas de fato a quantidade de objetos acumulados no telhado havia aumentado. Eu tentava enxergar se havia alguma telha quebrada quando o velho entrou, sem ser convidado, e examinou o telhado da própria casa.

— Mas que absurdo...

— Me desculpe. Eu tentei tomar cuidado...

— Tentou tomar cuidado? Com esse tanto de coisa em cima do meu telhado, você vem me dizer que estava tomando cuidado?

— Eu sinto muito, de verdade.

— Está achando que pedir desculpas vai resolver tudo, é?

— ... Desculpe.

— Você deve achar que não faz diferença numa casa caindo aos pedaços como essa. Acontece que nessa casa tem dois velhotes, que moram quietinhos, sem incomodar ninguém. Nessa casa dorme a minha velha. E de repente esses estrondos misteriosos caem feito trovão em cima da nossa cama... São sustos tão grandes que a gente nem consegue mais dormir direito. E ficou tudo cheio de goteiras! Arrumar o telhado dá um trabalho danado. Enfim, venha comigo, que minha velha está esperando.

Enquanto ele seguia com o olhar cada gesto meu, tirei a menina da cadeira, sussurrando para ela ficar boazinha porque agora eu tinha uma coisa muito importante para fazer e que a gente terminaria de jantar depois, e calcei as sandálias.

A esposa do velho estava em pé dentro da loja escura, vestindo um quimono acolchoado de inverno. Pedi desculpas, com a reverência mais profunda que fui capaz de fazer. Não havia como argumentar, aquilo definitivamente fora uma falha minha. Meus olhos ficaram presos à cena da criança jogando coisas pela janela, nem sequer parei para pensar que alguém poderia estar escutando, com medo e espanto, o som dos objetos caindo sobre sua cabeça. Pelo contrário, ficava tranquila por acabarem naquele telhado preto e não sobre os passantes na calçada.

Os dois idosos se revezaram para contar, com cada vez mais veemência, que tiveram que arrastar seus futons de um canto para outro por causa das goteiras, que no começo se apavoraram achando que era algum desastre natural e até consideraram se refugiar em um abrigo, mas que como eram dois velhos resolveram aguentar até onde conseguiam, e que queriam poder me mostrar o barulho para eu ver como era alto, um absurdo. Eu me encolhia, baixava a cabeça a cada palavra e mandava minha filha se curvar também. Disse que arcaria com os custos do conserto do telhado, e que por favor me dissessem se havia mais alguma coisa que eu pudesse fazer.

Porém o casal não me deu ouvidos, só continuou a falar sem parar, as vozes nervosas competindo por atenção. Me mantive calada, determinada a receber passivamente o que quer que eles dissessem. Nem pagar pelo conserto nem pedir desculpas seriam capazes de apaziguá-los. Concluí que a única reparação possível seria continuar ali parada, me deixando banhar pelas palavras dos dois até que estivessem satisfeitos. Fitei meus pés, me perguntando, agoniada, quando poderia ir para casa e finalmente comer.

— ... Eu nem sei o que caiu no nosso telhado, mas não é possível que uma criança desse tamanho tenha jogado tudo sozinha — disse o velho.

— Pois é, ela bota a culpa na menina mas deve ter jogado também!

— Uma mulher dessas é bem capaz.

— A gente sabe muito bem como são as coisas, viu? Eu estava só esperando para ver o que você ia aprontar. Pelo menos não foi um incêndio!

— Uma mulher decente não alugaria aquele apartamento sozinha...

Repeti a mim mesma que precisava deixar aquilo entrar por um ouvido e sair pelo outro, entrar por um ouvido e sair pelo outro. Mas quando dei por mim, estava respondendo:

— Como assim, botei a culpa na minha filha?

— Você também jogou coisas no nosso telhado, não foi? — respondeu o velho.

Tentei me calar mais uma vez, mas não consegui.

— O senhor acha que alguma mãe faria uma coisa dessas?

— Bem, existe todo tipo de mãe... — disse a esposa.

— Como é que é?

A partir desse instante, perdi o autocontrole. Fiquei sem ar, minha visão se turvou, mas continuei a falar. Nem eu mesma sabia direito o que estava saindo da minha boca. Exaltada, insisti que sim, os pais são responsáveis por tudo que uma criança faz, e eu sabia que o que minha filha tinha feito era inaceitável por isso pedia desculpas sinceras, mas nunca havia jogado nada junto com ela, nem uma única vez, não era o tipo de mãe capaz de uma coisa dessas, o que eu poderia fazer para que acreditassem?

— Ora, acalme-se!

Ao ouvir a voz indignada do senhor, baixei a cabeça e soltei a respiração que retesava meus ombros.

— Você não tem jeito, hein? Seja como for, vou exigir que coloquem telas na janela da sua casa, não posso permitir que voltem a danificar nosso telhado. Fui hoje mesmo conversar com Fujino, a proprietária, e pretendo ir de novo amanhã. Farei o que for necessário até instalarem as grades. Só preciso que você entenda bem isso. De resto, não precisa fazer mais nada.

— Sou apenas a locatária, por mim tanto faz — murmurei.

Em seguida dei as costas ao casal e saí da loja. Eles me seguiram com os olhos, parecendo exaustos. Enquanto subia as escadas, imaginei meu apartamento na penumbra, encerrado por telas escuras. Impossível, não fariam uma coisa dessas.

— Que medo — suspirou a menina, ainda no meu colo. Concordei com a cabeça e, num instante, toda a minha frustração aflorou e desatei a chorar.

— Tudo bem, mamãe? Não chora, você é boazinha — disse minha filha, repetindo o que eu sempre falava para ela. Assenti várias vezes com a cabeça.

— Tem razão, eu não devia chorar por uma bobagem dessas. Mas não joga mais nada pela janela, tá? Por favor.

Ela fez que sim. Olhando para o alto, vi que a porta do nosso apartamento tinha ficado escancarada e que a lâmpada lá de dentro projetava um triângulo iluminado sobre o patamar escuro da escada. Apesar de tudo, sou mãe, pensei. Queria acreditar que, por mais bobagens que fizesse, ainda restava em mim alguma coisa digna de respeito. Desejava que aqueles dois idosos acreditassem nisso também. No entanto, tudo o que pude fazer diante deles foi protestar aos berros. Então até eles me viam assim? A frustração dessa expectativa, que eu criara sozinha, tirou meu chão.

Cerca de uma semana mais tarde, recebi uma ligação da imobiliária. O corretor informou que, depois de muita negociação, tinha ficado acertado que colocariam telas nas janelas para evitar acidentes e me pediu que estivesse em casa no dia da instalação. Acrescentou que era uma tela de nylon e não atrapalharia a visão.

— Em quais janelas vão colocar?

— Nas maiores, todas exceto as da cozinha e do banheiro — respondeu ele.

Vieram instalar as telas no sábado à tarde.

E nesse dia, tarde da noite, recebi uma ligação inesperada de um homem chamado Kawachi. Ele disse que estava na estação e perguntou se podia passar na minha casa, porque queria conversar comigo. Tudo bem, respondi. Me pareceu natural ele aparecer assim. Na verdade, eu estava esperando por isso.

Um dia, uma jovem funcionária da emissora, que vinha bastante à biblioteca, me convidou para visitá-la com minha filha, e pedimos sushi. Seu apartamento tinha um cômodo de cerca de dez metros quadrados e uma cozinha com metade disso. Comparado à bagunça do meu, estava tão arrumado que chegava a parecer frio. Tomamos cerveja enquanto ela me contava sobre as intrigas do trabalho em que estava envolvida. Quando minha filha ficou com sono e começou a fazer birra, sugeriu que nós passássemos a noite lá.

— Agora que a cerveja está deixando a conversa boa…

Me animei, aliviada por não precisar voltar carregando a menina nas costas, e abrimos a garrafa de uísque que eu tinha levado de presente.

Essa mulher era dois ou três anos mais nova do que eu, e passamos a conversar mais depois que me separei de Fujino e fui morar sozinha. Quando ficamos mais íntimas, descobri que ela tinha um relacionamento de alguns anos com um homem casado. Ao saber da minha situação, ela comentou num tom decepcionado:

"Ah, então foi por isso que comecei a reparar em você nos últimos tempos. Que coisa, pensei que fosse uma pessoa normal…"

"Sou tão fora do normal assim?", repliquei.

"É, sim, e eu também. Pelo menos agora. Por isso ficamos amigas."

Naquela noite, feliz por dormir fora pela primeira vez em muito tempo, tomei bastante uísque enquanto conversávamos sobre qualquer bobagem.

Estava deitada no tatame, quase cochilando, quando para minha grande surpresa apareceu o homem de quem ela era amante. Me sentei, assustada. A moça reclamou, disse que ele não podia aparecer daquele jeito, quando bem entendesse, que ela tinha as coisas dela. Mas não chegou a pedir que fosse embora só porque eu estava ali.

"Melhor você começar logo a beber, porque nós já estamos altas. Vai ter que correr pra nos alcançar. Já ligou pra casa? Pode usar o telefone, se precisar."

O homem não disse nada, só sorriu e encheu um copo.

Eu devia pegar minha filha e ir para casa. Agora que esse homem tinha aparecido, precisava sair dali o mais rápido possível. Mas não conseguia me levantar. Àquela altura meu corpo já não me obedecia direito, além disso uma parte teimosa de mim dizia que se eu havia chegado primeiro não era eu quem precisava sair. Ainda assim, era impossível ignorar que a moça estava nervosa, tentando agradar a nós dois ao mesmo tempo, e parecia preferir que eu fosse embora.

O homem tomou o uísque muito rápido, incentivado por ela, e logo estava embriagado. Então, sem deixar de me encarar com o mesmo sorriso simpático, começou a agarrar a namorada. Tocava seus seios, acariciava suas coxas. Parecia fazer questão que eu visse. Quem sabe pensou que eu sentiria inveja. Fiquei enojada e minha cabeça doeu.

"Posso usar o telefone?", perguntei, me levantando.

"Pode, mas pra quem você vai ligar a esta hora?"

"Pro meu namorado, óbvio", respondi, com a maior displicência possível.

"Ah, é? Nossa..."

A moça me encarou intrigada. O homem riu alto e puxou os ombros dela para perto.

Tirei às pressas minha agenda de dentro da bolsa e folheei a caderneta de endereços. Podia ser qualquer número, eu só queria girar o disco do telefone. Meus dedos tremiam. Encontrei na lista o nome de Kawachi. Ele era presidente da associação de pais da creche da minha filha. Um dia, veio me perguntar por que eu não participava das reuniões regulares e disse para eu passar na casa dele alguma hora para conversarmos mais à vontade, por isso tinha o telefone na minha agenda.

Decidi que Kawachi era uma boa opção para falar sem levantar suspeitas, então fui decifrando a caligrafia difícil e discando os números. Foi ele mesmo quem atendeu, no segundo ou terceiro toque.

Falei o mais baixo que consegui, consciente da presença do casal às minhas costas.

"Alô, Kawachi? Sou eu, Fujino."

"Sim, é ele. Fujino...? Desculpe, de onde nos conhecemos?", perguntou ele, sem se abalar.

"Ah, que bom que você tá em casa! Queria ir praí agora, tudo bem? Estou na casa de uma amiga."

Olhei para o casal atrás de mim. O homem mordiscava um petisco de lula seca, olhando para baixo.

"Faz tempo que a gente não se vê! Estou indo, chego em uns dez minutos! Até já."

Coloquei o fone no gancho, peguei minha filha, que dormia pesado, e disse à dona da casa que estava indo.

"Tem certeza? Você bebeu tanto...", perguntou ela, intrigada, e fez menção de se levantar.

"Tranquilo. A noite tá só começando."

O homem riu alto. Sorri de volta e saí do apartamento. Foi gostoso sentir o ar gelado da noite no corpo suado. A náusea foi aumentando enquanto eu caminhava, até que, ainda com a menina no colo, me agachei num canto da rua.

Desse dia em diante, como Kawachi era o único que sabia da minha farsa, não consegui mais desviar os olhos dele. Sua figura logo me lembrava daquele vexame e isso, por algum motivo, fazia com que fosse impossível ignorá-lo. Mas, na prática, sempre que o encontrava na creche, acabava fugindo como uma covarde.

Ao telefone, expliquei a Kawachi o caminho até minha casa, com a voz saltitando de expectativa. Me apressei para, antes de ele chegar, trocar o pijama que já havia vestido por uma roupa e deixar preparados copos e uísque. Depois desci correndo as escadas para recebê-lo.

— Obrigada por vir! É neste prédio, no último andar. Suba na frente, por favor.

Convidei Kawachi a se sentar no cômodo maior, depois percebi que tinha esquecido de trazer água e gelo para servir o uísque e fui até a cozinha. Ele se sentou no chão de pernas cruzadas e acendeu um cigarro.

— Vocês sempre nos ajudam tanto, e eu não consigo contribuir com nada... Até a minha casa é esta bagunça, porque faço tudo sozinha. Mas a sua esposa consegue fazer tanta coisa, apesar de todo o trabalho com as coisas da escola — fui falando, enquanto pegava o gelo.

Sorrindo, Kawachi correu os olhos pelo quarto cheio de roupas estendidas para secar.

— Invejo casais como vocês, que se dão tão bem! E foi graças aos seus esforços que conseguimos verba para expandir o pátio da escola e renovar os aquecedores, não foi?

Voltei até onde ele estava levando uma vasilha com gelo na mão direita e uma jarra de água na esquerda, mas ao tentar tirar os chinelos enrosquei os pés e tropecei, derrubando todos os cubos no chão.

— Ai, não! Eu não faço nada direito — falei, me agachando para pegar, uma a uma, as pedras de gelo.

Tinha sido generosa com o gelo, empilhando o conteúdo de duas formas na tigela, então era um bocado de coisa para recolher. Alguns cubos haviam deslizado para muito mais longe do que eu imaginava. Meus dedos ficaram enrijecidos com o frio, e quanto mais aflita eu ficava, mais difícil era agarrar as pequenas pedras.

Ergui o rosto e olhei para Kawachi. Ele me observava enquanto fumava, com ar distraído. Imaginei como eu devia parecer aos seus olhos e de repente fiquei de pé, deixando cair mais uma vez os cubos que tinha me esforçado para pegar.

— O que você tá olhando com essa cara de sonso? Nem te ocorreu me ajudar? Isso é jeito de tratar as pessoas? Vai embora. Te elogiei tanto, agora você deve estar se achando, mas não seja ridículo! Custa recolher um mísero cubo de gelo do chão? O que você veio fazer aqui, hein?

Kawachi se levantou de cara amarrada e, sem dizer nada, foi em direção à porta.

Fiquei olhando desorientada enquanto ele se afastava. Queria dizer alguma outra coisa, algo diferente. Não era minha intenção falar sobre o gelo. Por que será que ele tinha vindo à minha casa? Corri atrás dele, agarrei seu braço e, quando ele se virou, o abracei.

— Não vai embora assim, por favor.

Quando acordei de manhã, Kawachi não estava. Já era tarde, eu precisava me levantar logo ou chegaria atrasada. Saí do quarto maior, onde tinha passado a noite com ele, fui para o quarto onde minha filha dormia e me deitei ao lado dela. Sem despertar, ela ficou de costas para mim. Fechei os olhos e caí no sono de novo.

Alguém batia na porta. A menina se levantou e foi abrir, enquanto cobri a cabeça com o cobertor e continuei a dormir.

— É a professora! Mamãe! A professora tá aqui! — ela gritou, estridente, sacudindo a minha cabeça.

— Não grita, menina! Que professora? — esfreguei os olhos e olhei para a porta. Dei com uma professora da creche de pé na entrada.

— Ah, a senhora ainda estava deitada? Aconteceu alguma coisa? — ela perguntou aflita, enrubescendo. — É que sua filha tem se atrasado bastante e hoje não tivemos notícias, então a diretora ficou preocupada... A senhora está de folga?

— Não, há, eu ainda vou...

— Ah, é? Bem, então pode deixar que eu levo a menina. Não sei como são as coisas no trabalho da senhora, mas na creche peço que respeite o horário, por favor. É importante para a criança. Hoje você vai pra escola com a tia, tá bem? Vamos logo, que já está todo mundo comendo o lanche das dez!

Trocamos a roupa da menina a quatro mãos, atrapalhadas. Ela saiu de casa alvoroçada. Tranquei a porta, depois liguei para a biblioteca. As telas novas deixavam o apartamento azulado e claustrofóbico. Como uma gaiola para insetos, pensei. Já fazia tempo que eu tentava, em vão, identificar o que a nova aparência daquele lugar me lembrava. Deitei no futom que continuava estirado no quarto maior. Tive a impressão de que guardava o cheiro de Kawachi.

Fitando a tela que cobria as janelas adormeci outra vez, sem perceber.

Enquanto dormia, me vi em uma duna. Ventava tanto que era difícil abrir os olhos. A areia fustigava todo o meu corpo. Não enxergava nada exceto as dunas ao redor, mas elas eram de uma vastidão estonteante. O ímpeto com que o vento soprava deixava evidente o seu tamanho. Ele assobiava perto e longe de mim.

Aos meus pés, a areia corria. Fiquei observando essa correnteza, pois não havia mais nada para olhar. Achei aquilo estranho — por mais forte que o vento fosse, não parecia normal a areia se mover naquela velocidade — até que ela começou a formar um redemoinho e foi se inflando numa redoma que por fim desmoronou e foi dispersada pelo vento, revelando algo branco e pequeno no seu interior. Lembrava a cabeça de um recém-nascido. Agachei para ver melhor e fui atingida por mais uma rajada. Meu rosto se contraiu com a dor causada pela areia. Uma voz aguda e límpida se ergueu do chão. Soou aos meus ouvidos como se dissesse: *Estooou aquiii.*

Depois que o vento mudou de direção, busquei no chão a cabeça que tinha acabado de ver. A areia se estendia em todas as direções, numa planície, e vi apenas os grãos correndo, carregados pelo vento, dançando em redemoinhos.

Outro grito, *Estooou aquiii*, soou de um ponto um pouco afastado. Dessa vez, não pensei que fosse o assobio do vento. Mais um grito às minhas costas. As vozes subiam em linha reta até desaparecer no céu. Quando dei por mim, as dunas estavam tomadas por elas.

— Essas vozes são de bebês? — perguntei a ninguém em particular.

Uma voz masculina respondeu:

— Nos dias em que o vento está especialmente forte esses bebês surgem de dentro da areia. Por isso, tudo o que conseguem fazer é gritar assim. Gritam e gritam, depois vão morrendo. Nunca saem daqui, e ninguém fica sabendo deles.

— Não estão sofrendo?

— Estão só gritando.

— As vozes são bonitas — respondi baixinho e enchi o peito de ar.

Luz vermelha

Abri os olhos e fui tomada por um desalento enorme, pensando que tinha perdido a hora de novo. Dessa vez, meu atraso seria imperdoável. Senti todos os olhares cravados em mim — os olhos estreitos do meu chefe na biblioteca, os olhos das professoras que cuidavam da minha filha na creche.

Tentei me levantar, trêmula, e percebi que um jovem dormia tranquilamente ao meu lado, pressionando a bochecha macia contra meu ombro direito. Minha filha também dormia, à minha esquerda, com o braço estendido sobre a minha barriga. Nossas pernas estavam escondidas sob o cobertor do *kotatsu*.*

A televisão, com o volume reduzido, sussurrava no cômodo escuro, e ouvi ao longe o ruído de água borbulhando na panela. Lembrei que de manhã havia posto água para ferver na cozinha, numa tentativa de aquecer o apartamento. Fazia frio por causa da chuva que caía desde a noite anterior, mas não o bastante para ir atrás do aquecedor a gás. Eu não tinha nenhuma intenção de levar a menina para passear, mesmo se o céu estivesse limpo, mas me pareceu uma pena passar o domingo inteiro dentro daquele apartamento, tão escuro que seria preciso deixar as luzes acesas o dia todo. Então, quando o jovem Sugiyama apareceu para uma visita no começo da tarde, eu dancei de alegria, até mais animada do que minha filha.

---

* Mesa baixa com um aquecedor sob o tampo e envolta por um acolchoado, usada durante os meses mais frios do ano para aquecer as pernas. (N. T.)

Afaguei de leve o cabelo dele, que cheirava a xampu, e voltei a fechar os olhos. Quando os abri de novo, foi com o prazer de quem sente a ansiedade evaporar, como um pesadelo que desvanece. Estava feliz, plena. Podia continuar dormindo até cansar. Naquele momento, ninguém poderia me criticar. Tentei lembrar com o que estava sonhando antes de acordar.

Eu estava parada em meio a uma vastidão sombria. O chão era feito de uma substância escura, como uma lama macia. Dava para enxergar até a linha do horizonte. A lama preta era tão extensa que seria possível caminhar por dias e dias sem que a paisagem mudasse. E havia o *avião*. Acho que aquilo era um avião. Eu tinha chegado ali de avião.

Pouco a pouco, fui relembrando minhas ações no sonho. No começo, estava em uma sala. Era um cômodo mal iluminado, com o pé-direito alto, onde se reuniam vinte ou trinta pessoas. Estavam sentadas em grupos de quatro ou cinco diante de mesas compridas. Tinham as mais diversas aparências, e a atmosfera era a de uma sala de espera de hospital. Pela grande janela de vidro transparente entrava uma luz difusa que transformava todos ali em sombras cinzentas. Mas pareciam ser pessoas que eu conhecia bem.

Nessa hora, fomos informados que não havia mais esperança de que certa pessoa, desaparecida, pudesse estar viva. Senti uma tristeza enorme, como se meu corpo se dissolvesse. A sala estava quieta. Vi o lamento de cada uma das sombras subir pelo ar do cômodo, em espirais de névoa azulada.

Saí da sala. Era como se tivesse algum compromisso. Não havia tempo a perder. Então, quando dei por mim, estava apertada dentro de um veículo minúsculo. Agarrei o volante e pisei no acelerador. Sem nenhuma vibração, ele se ergueu a cerca de um metro do chão e deslizou pelo ar numa velocidade inesperada. Ah, então era um avião!, pensei, animada, mas a velocidade só aumentava e, para piorar, a distância entre o veículo e o solo não mudava. A rua estreita era margeada por árvores, cujos galhos vinham na minha direção. Bloqueavam a luz do sol e transformavam meu caminho em um túnel. Virei o volante de um lado para o outro, aflita, tentando acompanhar o caminho sinuoso. Os troncos das árvores surgiam com fúria e desapareciam às minhas costas.

E então, de súbito, desemboquei na planície preta. O avião seguiu assim e em linha reta durante mais algum tempo, mas aos poucos começou a ser vencido pela lama e ficou impossível recuperar a velocidade perdida, por mais que eu pisasse no acelerador ou tentasse usar o peso do corpo para sacudir o veículo, até que por fim, com metade da fuselagem atolada, ele parou de se mover.

Nessa hora, percebi que estava procurando a tal pessoa para quem já não havia esperanças. E que buscá-la significava trilhar o mesmo destino que ela. Olhei mais uma vez ao redor: então era ali que eu morreria. O avião já havia desaparecido, tragado pelo pântano. Não havia mais nada naquele lugar além da lama preta. Por que será que eu quisera tanto me aproximar dessa pessoa? Fiquei tentando entender. Era evidente que eu estava em busca de algo. Quem poderia ser a pessoa que eu buscava? Devia estar me observando de algum ponto naquela vastidão de lama.

Aquele era o segundo domingo que Sugiyama vinha nos visitar. Ele aparecia umas duas ou três vezes por ano na época em que eu vivia com meu marido. Tinha sido aluno de Fujino durante dois anos, quando ele estava na universidade e dava aulas particulares de reforço. Eu me lembrava claramente de Sugiyama como aluno do colegial. Tinha a pele muito branca e, apesar do físico roliço, era fraco de corpo e de espírito. Não conseguia olhar direito o rosto do interlocutor e estava entre os piores alunos da turma. Não obstante, seu pai, um professor universitário, queria que ele entrasse em alguma faculdade conhecida, qualquer uma de renome, e estava disposto a gastar quanto fosse necessário para isso. É ridículo!, reclamava Fujino. Sugiyama não falava nada, só fitava o chão. Fujino podia tratá-lo como quisesse e ele só sorria, tímido, e assentia com a cabeça. Seu comportamento me irritava — por piores que fossem as suas notas, por pior que fosse a sua aparência, ele não precisava ser tão subserviente — mas eu tentava protegê--lo do que o fazia agir assim. Me alegrava quando ele ria das minhas piadas, com a despreocupação típica da idade.

Sugiyama estudou mais um ano depois de se formar na escola e entrou numa universidade particular nova, da qual eu nunca tinha ouvido falar. Depois de um ano, foi reclamar com Fujino que as aulas eram muito difíceis, que ele não conseguia acompanhar, achava um desperdício pagar as mensalidades e gostaria de largar o curso e ir trabalhar. Mas você não tem jeito, hein?, gargalhou Fujino. Sugiyama corou e ficou cabisbaixo. Nesse dia, o arrastei comigo para o cinema. Mesmo depois de completar vinte anos, ou vinte e três, ele continuava com o corpo roliço, macio e delicado de um bebê, e só olhava para o chão, com as costas encurvadas. Quando me separei de Fujino, Sugiyama foi uma das pessoas para quem mandei cartões anunciando meu novo endereço.

Ao visitar a casa nova pela primeira vez, ele não pareceu notar nenhum sinal de que Fujino havia desaparecido. Trouxe um coelho de pelúcia de presente para minha filha e, cedendo aos seus pedidos, a carregou nos ombros pela sala e brincou de luta com ela. Até a levou a uma praça com parquinho perto de casa. Quando fez menção de ir embora, a menina agarrou sua mão e quis ir junto. Peguei-a no colo, deixando que chorasse, e vi que ele também tinha no rosto um misto de choro e riso.

Antes de ele sair, contei que Fujino já não vivia conosco, agora éramos só nós duas, e pedi que viesse visitar sempre que quisesse. Que viesse mesmo, de verdade.

Sugiyama fez que sim com a cabeça, sério. Fui sincera ao insistir no convite, mas não esperava que ele aparecesse de fato. Já havia compreendido que, agora que não tinha marido, eu me tornara uma presença a ser evitada por qualquer homem que buscasse viver de maneira honrada. No domingo da semana seguinte, já havia me esquecido por completo do rapaz.

Mas ele veio de novo nesse dia, trazendo uma grande sacola de supermercado. Abri a porta, o encontrei parado ali e, sem pensar, gritei para chamar minha filha:

"Vem cá! É o tio, aquele tio que veio outro dia, corre!"

Ele trazia na sacola acelga, espinafre e carne de frango. Logo se pôs a cozinhar, compenetrado, enquanto eu tagarelava sem parar e minha filha o amolava. O resultado foi um cozido de frango com cara de cozido de carne. Sentamos imediatamente para experimentar, com os pãezinhos que Sugiyama também trouxera como acompanhamento. A comida estava tão boa que ri alto. Comi três pratos e parei várias vezes para olhar para ele e deixar escapar mais uma risada. Minha filha, com a testa molhada de suor, pediu várias vezes que eu enchesse sua pequena tigela.

Depois de devorar a panela de cozido, nos deitamos sonolentos para ver televisão. A menina logo adormeceu, chupando a bainha do edredom do *kotatsu*. Diminuí o volume e apaguei a luz da sala, para não incomodá-la. Depois voltei a me deitar entre ela e Sugiyama.

"Hora da soneca!"

Sugiyama deu o mesmo sorriso de quando era adolescente. Virei de lado, puxei seu corpo gordo para perto de mim e afundei o rosto em seu peito.

"Que macio, parece uma nuvem…"

"É que sou gordo…", respondeu ele, envergonhado.

"É confortável. E olha, dá pra ouvir muito bem seu coração. Sabia que o coração é a primeira coisa que fica pronta no corpo humano? Primeiro aparece o coração, depois vêm a cabeça, a coluna e tudo o mais."

"… Tem certeza?"

"Tenho. Quer ouvir também?"

Ele fez que sim e pressionou o ouvido contra o meu peito.

"Dá pra ouvir?"

"Dá."

"É igualzinho."

Depois disso, nos calamos. Fechei os olhos e fiquei escutando o meu próprio coração, cujo ritmo Sugiyama devia estar acompanhando.

No fim da tarde, o acompanhamos até a estação, e aproveitei para passar numa livraria do bairro e comprar uma revista infantil cheia de brindes para minha filha. Não saía da minha cabeça o que as professoras haviam me contado: uma hora em que ninguém estava olhando, a menina escapou para a sala onde ficavam os bebês e tentou cortar o lóbulo de um deles com uma tesoura. Quatro professoras e a diretora me cercaram e durante um bom tempo não me deixaram ir embora. Falaram várias coisas — que minha filha ficava sempre sozinha num canto, que não queria almoçar, que mordia e puxava o cabelo dos colegas. Em suma, me emboscaram e tentaram me convencer de que ela era uma criança anormal, sedenta de sangue, capaz de tentar matar um bebê que dormia em paz. Foi o que me pareceu. Que ao ver minha filha, logo pensavam num bebê ensanguentado. Tinha as mãos e o rosto sujos de sangue.

Respondi que aquilo era um absurdo, que ela só devia estar com a tesoura por acaso quando foi espiar os bebês, e então quis tocar o rostinho de um mas tinha a tesoura na mão. Na sala dos professores, gritei tanto que até eu quis tapar os ouvidos, cheguei a bater a cadeira com força no chão, mas no final acabei baixando a cabeça e pedindo, chorosa, que por favor cuidassem da minha filha.

Era verdade que ela vinha mudando desde que eu removera o pai da sua vida. Mas eu tentava interpretar essa mudança como se ela estivesse simplesmente se tornando mais sensível à alegria. Agora, minha filha era capaz de colher alegria abundante em qualquer coisa pequena. E apreciava esses prazeres com avidez. Se, vista de fora, essa transformação era semelhante a querer picotar um bebê com uma tesoura, deixando sangue por todo lado, só me restava aceitar. Queria ajudá-la a sintonizar sua antena de prazer da melhor forma possível. Ela ainda tinha muito a aprender, por isso chorava tanto. Precisava receber doses tão colossais de alegria que, exaurida pelo impacto, dormiria profundamente a noite toda.

Foi por isso que resolvi comprar uma revista. Ao pensar que isso lhe daria algum prazer, ainda que não fosse uma alegria tão grande, não pude deixar passar. Nunca havia lhe dado nem mesmo um brinquedo de verdade, que dirá uma revista. Era Fujino quem costumava comprar brinquedos, até demais. Eu via isso como uma função do pai.

Levando a revista em uma sacola, paramos numa cafeteria, onde ela tomou um suco e eu um café, depois fomos para casa. No caminho era preciso atravessar uma passarela e um semáforo. Minha filha se agarrou ao parapeito da passarela para olhar os trens lá embaixo. Segurei o guarda-chuva sobre a sua cabeça e fiquei observando os pés dos pedestres na passarela. Havia uma grande poça que todos contornavam. Mas, de repente, as botas vermelhas de uma criança pularam ali, espirrando tanta água que até meus pés ficaram molhados. Ouvi a mãe lhe dar uma bronca.

Espiei por debaixo do guarda-chuva e reconheci os dois. Era a criança de Kawachi, dois anos mais velha que minha filha, e a esposa dele, que eu via na creche de vez em quando. Deviam estar voltando das compras, pois a mulher carregava sacolas de uma grande loja de departamentos. Ela me reconheceu e acenou com a cabeça, sorrindo. Atrás dela Kawachi me encarava com o rosto fechado, numa expressão de desagrado. Ignorei o cumprimento da esposa e o encarei de volta com um sorriso de escárnio. Ele foi mudando de cor. As maçãs do rosto estremeceram. A esposa olhou do meu rosto para o do marido, calada. Kawachi desviou o olhar, pegou a mão da criança e tentou seguir adiante. Soltei um "Eu, heeein" exagerado na direção dele. A esposa virou para me encarar cheia de ódio.

Kawachi não fizera nada além de passar uma noite na minha casa, e isso só ocorreu por insistência minha. Não havia motivo para eu sentir raiva dele. Tinha sido apenas um momento de desejo mútuo, do tipo que deveria ser superado sem drama. Me despi inteira e o abracei, e ele, sorrindo, moveu os quadris deitado sobre mim ou posicionou meu corpo sobre o dele. Quando acordei pela manhã, ele já havia desaparecido.

Depois disso ele não voltou mais à minha casa. Como era presidente da associação de pais, eu o encontrava na creche pelo menos uma vez por semana. Ao me ver, dizia, muito simpático, para eu participar da próxima reunião. Exatamente como antes.

Seria menos pior se, nessas horas, ele fingisse não ter me visto.

Vendo Kawachi se afastar da passarela a passos rápidos, me veio um alívio como se tivesse tirado um peso das costas.

Senti que havia acertado as contas. Esse encontro o forçara a reconhecer, pela primeira vez, o ódio que nutria por mim. Provavelmente continuaria a me odiar, e a odiar a própria tolice de ter passado uma noite comigo.

Eu não sabia dizer quem tinha mais culpa, quem convidou ou quem se deixou convidar, mas não acreditava que houvesse grande diferença. E não podia ignorar que nos sorrisos de Kawachi havia pena de mim quando o que ele devia sentir era pena de si mesmo.

Eu e minha filha voltamos para casa correndo, fazendo questão de espirrar o máximo de água possível pelo caminho. Respingos de lama escura alcançaram até seu cabelo. Ela correu, rindo de boca aberta, pela sarjeta onde a água suja se acumulava. Corri pela calçada, a ultrapassei e pulei na frente dela, fazendo voar água para todos os lados. Ela caiu sentada e rolou de rir na poça enlameada.

Fechei a sombrinha, peguei a menina encharcada no colo e fui caminhando devagar pela chuva.

Mais uma semana começou com o ir e vir entre a biblioteca e a creche.

O que eu mais temia nessa época era minha capacidade de perder a hora de manhã. Com frequência eu abria os olhos num susto e percebia que já passava das dez. Recebi muitas advertências do meu chefe e das professoras. Ouvia suas reprimendas de cara amarrada, pensando que não era como se eu estivesse fazendo aquilo de propósito, e com o tempo comecei a sentir que, se ao menos eu conseguisse acordar na hora certa, todo o resto seria perdoado. Parei de me preocupar com o comportamento da minha filha na escola ou de sofrer pensando em como fazer para Fujino me dar o divórcio, e passei a temer apenas a ideia de me atrasar. Era por isso que Fujino não me perdoava, que as professoras achavam que havia algo errado com minha filha. Ninguém confiava em mim, como mãe, por eu ser incapaz de acordar na hora certa.

Quando conseguia me levantar com tempo de sobra, me sentia ótima pelo resto do dia. E quando me atrasava, corria pela rua à beira das lágrimas, despejando em minha filha os xingamentos que devia dirigir a mim mesma.

No dia em que o trem no qual eu voltava para casa atropelou uma pessoa, eu também havia perdido a hora. Suzui, meu chefe, se levantou com um estalo de língua ao me ver entrar na biblioteca quase às onze da manhã. Me preparei para ouvir uma bronca, mas ele só voltou a se sentar.

Quando os passageiros gritaram que alguém havia pulado na frente do trem, lembrei do meu atraso naquela manhã. Me amaldiçoei, pensando que o dia estava terminando daquele jeito porque eu não tinha acordado quando deveria. O trem freou bruscamente, com apenas três vagões diante da plataforma. Na estação as pessoas corriam, e o interior do vagão ficou mudo.

Depois de algum tempo, os passageiros dos vagões traseiros foram avançando por dentro do trem. Também segui esse movimento. Alguns começaram a sair pelas portas abertas à força, por estarem com pressa ou para ver o que tinha acontecido. Eu estava entre os passageiros com pressa, pois já era quase hora de pegar a menina na creche. Mas ao passar pela aglomeração que crescia, travei em um canto de onde não enxergava nada. Senti que não podia fingir indiferença e passar reto por aquela pessoa que se lançara sob as rodas do trem.

Que sofrimentos a teriam trazido até aqui, que tristezas? Quanto tempo ela teria passado na plataforma e o que teria observado? Ela havia ficado ali em pé, sozinha, sem ninguém notar. E agora o corpo ao qual renunciara sangrava sob os olhares da multidão, destroçado pelas rodas. Como teria sido a dor que a tomou naquele momento? Eu desejava conhecer essa dor. Desejava com todo o meu ser.

Bombeiros vestindo macacões prateados desceram para o trilho carregando uma maca. Tomada por calafrios, me esgueirei por entre a massa de gente. O medo me dava vontade de correr para longe. No entanto, sentia como se a pessoa atropelada me observasse. Segui avançando, passo a passo, em resposta a ela.

Alcancei a frente do grupo. A maca já tinha sido levada. Havia poças vermelhas de sangue fresco entre os trilhos. Contendo a ânsia, me debrucei ainda mais e espiei o local do acidente. Vi caída, a uns cinco metros dali, uma sandália de salto amarela.

Nessa hora, o trem voltou a andar. Fugi com as pernas bambas, sem olhar para trás. Quem é você?

Mais uma semana se passou e chegou a tarde de sábado.

Busquei minha filha na creche e fomos caminhando até nossa casa sem pressa, correndo atrás de gatos, assistindo à construção dos prédios, parando para brincar no fliperama que ficava na frente da padaria.

Subimos uma ladeira suave, espremida entre uma casa antiga e um edifício residencial. A calçada estava coberta de pontinhos vermelhos e úmidos. De um vermelho muito vivo. Caminhei observando esses pontos, pequenos frutos de idésia que haviam caído de tão maduros.

Ergui o rosto e vi os cachos abundantes de frutos vermelhos na árvore, brilhando contra o céu limpo.

Minha filha jogou para o alto uma das grandes folhas da planta que estavam caídas na calçada. A folha seca desceu quase em linha reta e pousou, com delicadeza, sobre seus próprios frutos. Peguei a mesma folha e a lancei outra vez ao céu. Um céu azul, profundo e brilhante.

Corpo

Cheguei dez minutos antes do horário informado na notificação. Entrei em uma das várias salas de espera, que se enfileiravam uma depois da outra, e me sentei num dos bancos. No canto, dois homens mais velhos analisavam documentos, com pastas de couro abertas sobre os joelhos, e atrás de mim, sentado olhando o lado oposto, estava um jovem casal, o homem segurando uma criança de uns dois anos no colo e a mulher com a barriga enorme. Os únicos sons eram os sussurros trocados entre cada grupo.

Não era para eu ter ido àquele lugar, não era para eu estar ali. Como se estivesse num sonho, me esforcei para registrar tudo o que meus olhos viam. A cena poderia se transformar num segundo, ou desaparecer sem aviso. Por isso mesmo, sem dúvida escondia alguma coisa, algo que eu não conseguiria deduzir apenas pelas aparências. Cada vez que ouvia passos no corredor ao lado, prendia a respiração e levantava o rosto. Não era meu marido, Fujino. "Sabia", eu pensava, e voltava a observar as pessoas na sala, pensando que ele provavelmente não viria.

Se Fujino aparecesse mesmo ali, o que eu poderia dizer a ele, e com que cara? Imaginei o que faria nessa situação. Será que agradeceria por ele ter se dado ao trabalho de vir, e me curvaria numa mesura mais profunda do que o necessário? Ou seria capaz de recebê-lo com um sorriso cheio de nostalgia, dizendo ah, que bom, estava achando que você não vinha?

Ouvi o jovem com a menina no colo:

... Não precisa se preocupar, dizem que quase sempre as crianças ficam com a mãe.

A criança o interrompeu resmungando alguma coisa, não entendi o quê. Em seguida, foi a mulher quem falou.

Mas no fim das contas, depende de você. Pra mim, ela e o bebê que vai nascer são meus filhos do mesmo jeito, não faz diferença.

Eu sei, ué. Pois não criei esta aqui como se fosse minha?

Por isso mesmo que eu me preocupo! Os homens se apegam demais aos próprios filhos.

Mas estou te dizendo, ela também é minha filha...

Eu estivera naquele prédio cerca de dois meses antes, para entregar um requerimento. Mas depois acabei me esquecendo por completo de ter feito isso. Ao receber a notificação, fiquei perplexa, me perguntando por que teriam me enviado aquele negócio. Fiquei olhando intrigada para o cartão-postal com o aviso, pois já não lembrava que, ao saber por Suzui da existência da mediação, logo obedeci ao seu conselho — na verdade, obedeci à minha própria vontade — e fui correndo àquele lugar.

Os dois homens que estavam num canto se levantaram e saíram. Pela mesma porta, uma mulher de meia-idade apareceu e chamou meu nome. Saí às pressas para o corredor e a mulher, miúda, espiou o interior da sala ao lado e sussurrou para mim:

— Que coisa... A outra parte ainda não chegou. E agora?... A senhora tem notícias dele? Não recebemos nenhuma resposta.

— Eu também não tive notícias... Sinto muito.

Baixei a cabeça e, pensando que nada impedia que Fujino surgisse no corredor nesse exato momento e me visse naquela situação, apertei os punhos.

— Bom, acho que você já pode ir para a sala de mediação. Ele deve chegar daqui a pouco.

— Está bem.

Caminhei rápido na frente da funcionária até a sala reservada para mim, pois temia ser pega de surpresa por Fujino. No lado esquerdo do corredor havia portas numeradas, e no lado direito, uma sequência de salas de espera. Pelo visto, precisavam de muitas salas para que as pessoas envolvidas em cada caso não aguardassem juntas.

A mulher abriu uma das portas numeradas e eu entrei. O vidro da janela deixava passar uma quantidade excessiva de sol para a sala pequena. Havia um senhor sentado diante de uma mesa grande. A mulher que me acompanhara até ali contornou a mesa, se sentou em uma cadeira preta giratória e fez sinal para que eu ficasse à vontade. Escolhi uma das muitas cadeiras espalhadas, e me sentei oferecendo um sorriso simpático ao senhor.

— A outra parte ainda não chegou? — perguntou ele.

— Parece que não.

— Já são cinco minutos de atraso! As pessoas precisam ser mais pontuais.

— Realmente, com uma agenda cheia como a do senhor... — disse a mulher.

Também balbuciei um pedido de desculpas. Ele se dirigiu a mim:

— Vamos esperar mais um pouco, pois não podemos começar enquanto ambos não estiverem presentes. A regra é aguardar trinta minutos.

— Entendi. Sinto muito...

— Mas se ele aparecer depois de meia hora fica complicado, pois há outros agendamentos na sequência...

— Aliás, o senhor está tratando daquela questão?...

Os dois continuaram uma conversa entrecortada, sem olhar para mim. Depois de dez minutos, a mulher saiu para procurar Fujino, mas voltou sozinha.

— Assim não dá — disse o homem.

— O que será que houve? Ele poderia ao menos ter entrado em contato.

— Acho que ele não vem mesmo. Bem que podiam avisar para a gente não perder tempo desse jeito. Esse tipo é o que mais atrapalha.

Baixei a cabeça mais uma vez. Fujino não vinha. Eu já desconfiava. Percebi que, desde o começo, nutria um sentimento próximo da expectativa: imagina, Fujino nunca viria a um lugar como aquele. E se ele aparecesse? A simples ideia era tão assustadora que me deixava sem ar. Mas agora estava decidido — ele não vinha. Assim que tive certeza disso, ainda mais convicta do que os dois funcionários à minha frente, senti o corpo amolecer e relaxar.

— Não adianta ficarmos sentados aqui, então se a senhora quiser pode voltar para a sala de espera. Quando der a hora, vou chamá-la.

Voltei a passos rápidos para a sala em que estivera antes. Larguei o corpo na cadeira, com as pernas estiradas, e acendi um cigarro. Passaram-se cinco minutos, depois dez, e Fujino não veio. Eu queria fugir daquele prédio o mais rápido possível.

Fui chamada outra vez para a sala de mediação.

— É uma pena que não tenha dado certo hoje. A senhora gostaria de continuar com a petição?

Concordei sem hesitar. Agora que havia chamado Fujino uma vez, só me restava continuar. Fosse aquilo um sonho ou não.

— Está bem. O jeito é ter paciência. Tem gente que custa a responder às petições. Em alguns casos, só depois de um ou dois anos a pessoa finalmente aparece, viu? Bom, para quando gostaria de agendar a próxima?

Depois de definir a data do próximo encontro, anotei-a na agenda e saí da sala. Fechei a porta, caminhei devagar por uns cinco metros, e então comecei a correr. Não pude evitar. Pela primeira vez naquele dia, senti as pernas bambas.

Depois disso, fiquei esperando Fujino vir falar comigo. Ele não havia aparecido para a mediação, mas me chamaria para conversar. Eu tinha certeza.

Passou o Natal, o final do ano estava próximo. Minha filha esperava as festas de Ano-Novo e relembrava, alegre, como o Papai Noel visitara a escola e afagara sua cabeça. Ao falar de Fujino, ela começou a dizer "o papai velho". Foi sua maneira sábia de reagir ao perceber a aversão que a palavra "papai" causava na mãe. Depois de encontrar essa solução ela começou a compartilhar, pouco a pouco, as memórias que tinha. Eu ouvia sem dar muita atenção, mantendo uma expressão neutra. Ela falava do pai como se me apresentasse alguém que eu não conhecia. Certo dia, ao contar sobre uma vez em que ele a levara num parque de diversões, como se isso tivesse ocorrido havia pouco tempo, ela me garantiu, muito séria, que ele podia me levar também. Não se preocupa, com certeza ele te leva.

O telefonema de Fujino veio no último dia de trabalho na biblioteca naquele ano. Decidimos nos encontrar no dia seguinte, em um café. Ninguém mencionou a mediação.

O dia seguinte era o último da creche antes dos feriados. Depois de deixar minha filha, fui direto para um salão, para lavar o cabelo e fazer um penteado. Em seguida passei em casa, me maquiei e escolhi, após bastante indecisão, uma roupa que havia comprado depois da separação. Quando estava tudo pronto, liguei para minha mãe. Perguntei se eu e a menina poderíamos ir para a sua casa na noite seguinte e passar o Ano-Novo com ela. Ela concordou, no tom de quem se pergunta o que mais, fora isso, eu poderia fazer nesse dia.

Na virada de ano anterior, eu havia passado duas noites na casa dela, a partir do dia 2 de janeiro. Foi a primeira vez que fiz isso depois de ter saído de lá atrás de Fujino. No entanto, meu objetivo nessa vez era anunciar que iria me separar dele e me mudar. Depois de colocar minha filha para dormir, a convenci a me acompanhar num uísque e, enquanto petiscava a cabeça de salmão avinagrado que ela preparara, comecei a falar, relutante. Fujino havia insistido que eu não podia deixar passar do feriado.

— Você voltou! Achei que não viria mais — ele exclamou quando cheguei com a menina em casa.

Depois disso, durante mais de um mês não encontrei minha mãe nem telefonei para ela, até Fujino ir embora e eu e minha filha nos mudarmos para o apartamento.

Cheguei um pouco mais tarde do que o combinado, pois demorei para encontrar o café escolhido por Fujino. Ele estava sentado ao lado da janela. Ao me ver, ergueu de leve o corpo da cadeira e sorriu. Seu rosto corou. Eu o olhei com o mesmo sorriso atrapalhado.

Como eu havia imaginado, a primeira coisa que Fujino fez foi caçoar de mim por ter decidido usar um recurso como a mediação. Esses negócios são pra gente cheia de bens, um pé-rapado como eu não tem nada a ver com isso. Sinto muito, mas você já sabe muito bem que não consigo pagar nem a pensão.

Concordei e expliquei que queria me divorciar de um jeito que satisfizesse os dois lados, para não haver complicação depois. É claro que o ideal seria conseguirmos conversar entre nós e decidir tudo, continuei, mas eu mesma tendia a ficar emotiva, e me parecia que não adiantava esperar — seria impossível chegarmos a um acordo sem uma terceira pessoa presente. Também achava melhor registrar em um documento oficial tudo o que ficasse decidido na conversa. Por isso havia pedido a mediação. Disse tudo isso como quem se justifica, enquanto passava os olhos pelo interior do café escolhido por Fujino e tentava inferir dali algo sobre sua vida atual. As cadeiras eram de couro falso vermelho-escuro, o papel de parede tinha um padrão de folhagens desenhadas num verde estranhamente vivo.

Já acontecera várias vezes de Fujino me chamar para ir encontrá-lo em algum café, geralmente perto da minha casa ou do meu trabalho. Cheguei a ter que ir tarde da noite, levando a menina que caía de sono. Mas o percurso que nossas conversas seguiam era sempre o mesmo. Eu sempre começava com a intenção de conseguirmos reconhecer que ambos os lados haviam agido mal e de tentarmos compreender, pelo menos um pouco, os sentimentos um do outro para enfim chegarmos a um entendimento. E no fim acontecia sempre o oposto. Logo de saída uma palavra qualquer do outro nos desestabilizava e, depois desse tropeço, tudo o que conseguíamos fazer era tentar, com todas as forças, nos proteger das emoções. Fujino esbravejava e se lamentava, perguntando como era possível alguém ter mudado tanto, quem fora aquela mulher que ele conheceu, e eu me calava.

Nesse dia, não foi diferente. Ao me ouvir falar em "documento oficial", Fujino logo se ofendeu, e senti que seguíamos nossa rota habitual.

— Então você não confia nem um pouco em mim, é? E por acaso pensa que você mesma é confiável? O que acontece se você insistir nessa história de mediação, eu for lá e contar que tipo de mãe você é? Se disser, por exemplo, que você é capaz de seduzir até um menino como meu ex-aluno, o Sugiyama, o que acha que vai acontecer? Vão me dar a guarda.

Eu me arrepiei. Como é que ele sabia até sobre o Sugiyama?

— Bem, se discutirmos a situação e a decisão for essa, vou ter que aceitar.

— Até parece! Se tudo o que você faz é se preocupar se eu não vou levar a menina embora...

— Claro que me preocupo. Você deve sentir o mesmo, não é? Só que, se ela for ficar com você, você vai ter que me contar onde e como pretende criá-la.

— Ué, mas você não me conta nada!

Nós dois estávamos ficando exaltados.

— O que mais você queria que eu contasse? Continuo levando a vida que você conhece. Não mudou nada, nem a hora que acordo, nem a hora que vou buscar ela na creche. A única coisa que mudou...

Eu me calei.

— Foi você, não foi?

Neguei com a cabeça.

— ... Bom, deixa isso pra lá, porque a verdade é que eu não conseguiria ficar com ela. Não consigo nem devolver o dinheiro que você me emprestou, que dirá pagar alguma outra coisa. Então só me resta obedecer ao que você mandar. O que eu não aceito é o jeito como você tenta tirar vantagem disso. Eu adoraria ficar com minha filha, se pudesse. Fico muito mal por não ser capaz disso. Você não entende, não pode entender como eu me sinto. Se pelo menos você nos deixasse...

A voz dele ficou embargada e o rosto se contorceu numa careta. Desse jeito, seria igual a todas as outras vezes. Sentindo as forças abandonarem meu corpo, tomei coragem e falei:

— Mas eu também... agora, no Natal, tudo o que conseguia pensar era como seria bom se nós três pudéssemos passar o dia juntos, felizes.

— Ah, nem vem com esse papo. Você que não me deixa chegar perto!

Naquele instante, Fujino me abominava.

Para o Natal daquele ano, eu havia tirado do fundo do armário uma pequena árvore artificial, que montamos e decoramos juntas. As lampadinhas piscando na pequena árvore. A menina, postada diante dela, enfeitiçada pelas partículas multicoloridas de luz. Eu a observando de longe. Para ela, aquela era uma aparição tão linda, um espetáculo de pequenas alegrias reluzentes que a convidavam. Era uma arvorezinha vagabunda que Fujino comprara num supermercado do bairro quando a bebê tinha um ano. Por enquanto serve, dissera ele. De qualquer jeito, ela vai querer mexer, vai acabar quebrando... Esses negócios são caros! Zombei dele enquanto olhava a árvore, dizendo que ele claramente escolhera uma das mais baratas.

— É verdade — insisti. — Eu pensei mesmo isso...

Fujino virou a cara.

— O que eu mais quero é resolver isso para a gente poder se ver sem problemas. Se for aos domingos, que a gente se veja todo domingo. É tudo o que eu queria... Não entendo por que a gente não consegue fazer isso. Sei lá, é que... Você só enxerga a criança, sabe? Não me vê. É isso que me incomoda, com certeza. E aí não quero que vocês se encontrem. Tenho medo de deixar, entende? Queria conseguir não pensar em nada, só sorrir e aproveitar. Eu não quero remoer ou discutir nada, nem pensar no que eu ganho nessa história. Não me importa que tipo de pessoa você é. Tudo bem se eu não souber quem você é de verdade. Só quero aproveitar quando a gente estiver junto. Inclusive, nunca te pedi nada, pedi? Não preciso de nada.

Juro. Só que, mesmo quando você olha pra mim, só enxerga sua filha. E isso eu não aguento. Tenta entender. Por isso queria combinar as coisas direito, pelo menos os encontros de vocês. Não estou dizendo que nunca vou permitir que isso aconteça.

Parei de falar e deixei a cabeça cair. Minhas mãos, pousadas sobre o colo, tremiam com força, como se eu tivesse levado um choque. Tive a impressão de que Fujino dizia algo, mas sua voz não chegou aos meus ouvidos. Um único pensamento girava na minha mente: bastava ele deixar o passado para trás, esquecer tudo. Era tão simples. Nos dias que se passaram desde a separação, eu me tornara incapaz de conectar este Fujino de hoje com o meu marido de antes. Essa era a minha transformação.

A certa altura, Fujino se levantou e foi embora. Continuei sentada no mesmo lugar durante bastante tempo.

Relembrei a noite de Natal que passei com a menina, uma semana antes. Depois da creche, no fim da tarde, fomos direto tomar o trem e seguimos para uma loja de departamentos a três estações dali. A loja já estava fechada, então pegamos o elevador e seguimos para os restaurantes no décimo segundo andar. Estavam todos cheios, afinal era véspera de Natal. Mas eu gostei de ver tanta gente, o alvoroço da multidão confirmava que eu e minha filha de três anos não éramos as únicas habitantes daquela cidade.

Primeiro gastei um bom tanto de moedas de cem ienes competindo com ela nos fliperamas que ficavam no mesmo andar, depois entramos num restaurante de comida chinesa. Estava cheio, então nos colocaram dividindo a mesa com outras pessoas. Eram duas mulheres de uns cinquenta anos, cheias de brincos e anéis chamativos. Minha filha ficou analisando as duas, sentadas à nossa frente, e desanimou de repente.

— Bom, hoje a gente vai comer muita coisa gostosa, o que você quer? — perguntei, efusiva.

Mas ela só ergueu os olhos para mim e respondeu secamente que podia ser qualquer coisa. Aos poucos também me cansei de fingir entusiasmo e fiquei só bebendo minha cerveja e observando distraída a agitação do restaurante.

Minha filha não comeu quase nada dos vários pratos que estavam na mesa e logo começou a insistir que queria ir embora, queria ir para casa, enquanto o meu desejo era aproveitar que havíamos saído e continuar ali o máximo possível.

— Come mais um pouco, tá gostoso.

— Não tá! Quero ir pra casa.

— Quando a gente voltar pra casa, não tem nada pra comer lá não, viu? Come agora, senão você vai ficar com fome depois.

— Minha barriga tá cheia. Vamos logo. Não gostei daqui.

— Ah, é? Pois eu gostei.

Ela ficou brava e jogou no chão o prato ainda cheio de comida. A louça se partiu com estardalhaço.

— Ei, o que é isso, ficou maluca? — gritei.

Então ela abriu um berreiro que ecoou por todo o salão.

— Quero ir embora, quero ir pra casaaa!

Fui obrigada a sair do restaurante às pressas, carregando-a nos braços. Quando chegamos para chamar o elevador, ela já estava sorridente, querendo sair do meu colo para brincar no corredor. Foi impossível não sentir raiva. Mas enquanto eu fulminava com os olhos a menina que se contorcia nos meus braços, tentando escapar, pensei que, no mundo inteiro, só nós duas desejávamos voltar para aquele apartamento.

Descemos do trem e estávamos caminhando pela rua principal quando ela começou a reclamar que precisava ir ao banheiro.

— Aguenta só mais um pouco, tá perto. Aqui na rua não tem jeito.

Apertei o passo, puxando-a pela mão. Logo adiante, ela começou a chorar:

— Já foi...

Ela ficou com nojo e não quis mais andar, então tive que levá-la até um canto, despir sua roupa de baixo, limpar seu traseiro e vestir uma calcinha limpa, que trazia na bolsa. Ao ficar em pé, com um suspiro, reparei no vulto de um homem que se aproximava cambaleante, vindo da esquina do nosso prédio. Nós duas o observamos caminhar, até que ele caiu no chão e emitiu um som entre o choro e o gemido.

— O moço tá chorando... — sussurrou a menina, apertando com força a minha mão.

— Ele está passando muito mal — respondi, também num sussurro.

— Conserta ele, mamãe.

— Eu?

Ela fez que sim com a cabeça, sem desviar os olhos da sombra na calçada.

Olhei para ela e mordi o lábio. Então joguei numa lata de lixo a calcinha suja que ainda estava segurando e me aproximei do vulto. O cheiro do que tinha vomitado pairava no ar. A combinação disso com o odor do acidente da minha filha, que permanecia no meu nariz, me deixou zonza. Parei ao lado dele e me agachei.

Pus-me a afagar as costas do homem, que sofria gemendo baixinho. Era apenas um bêbado. Suas costas, no entanto, eram grandes e quentes. Era um corpo, pesado. Suas orelhas estavam tão vermelhas que pareciam em brasa. A menina também esticou a mão para tocá-lo. Ficamos alisando suas costas. Não sei de onde ele tinha vindo, mas não vestia casaco nem suéter. Sem perceber, fui tomada por um sentimento de quem ora por um milagre, enquanto acariciava com grande zelo as costas daquele desconhecido. Me pareceu que passamos bastante tempo fazendo isso, mas pode ter sido rápido.

De repente as costas se moveram e o corpo se endireitou, de forma totalmente súbita para nós, que estávamos absortas no gesto de afagar. O homem ficou de pé. Eu e minha filha acompanhamos, boquiabertas, os seus movimentos. Ele se afastou em direção à estação, ainda cambaleando, com os ombros encolhidos em sofrimento, sem mostrar o rosto para nós nem uma vez.

— Sarou, o moço. Não tá mais passando mal — murmurou minha filha, satisfeita.

Eu a puxei para um abraço e respirei fundo. O cheiro continuava no meu nariz.

— Que bom!

Dei a mão a ela e recomecei a andar. As nossas mãos ainda estavam quentes, aquecidas pela fricção.

— Olha, as estrelinhas! — exclamei ao perceber que havia algumas estrelas piscando no céu.

Lembrei que, quanto mais frio, mais visíveis as estrelas ficam.

Depois do Ano-Novo, voltei a me sentar na sala de mediação. À minha frente estavam os mesmos rostos de antes. Fitando os arranha-céus do lado de fora da janela esperei, dez minutos, quinze minutos. Naquele dia, o céu também estava azul e o interior da sala, abafado.

Chão

Continuei sentada no trem. Era uma tarde de domingo. Minha filha não estava ao meu lado.

No começo, cada vez que o trem parava eu ia contando o número de estações, como quem empilha blocos de montar, quatro, cinco. Mas por fim derrubei minha própria torre.

Tentei pensar que aquela tinha sido minha intenção desde o começo, que eu queria mesmo passar muito tempo dentro do trem. Isso não bastou, entretanto, para apagar meu desconforto. Sentia que, a qualquer momento, algum dos meus companheiros de vagão iria me desmascarar. Enquanto eu não tomasse a iniciativa de desembarcar, o trem continuaria sempre adiante, me levando para cada vez mais longe. Mesmo ciente desse fato óbvio, era incapaz de me levantar, e me sentia culpada diante dos outros passageiros. Não queria ir a nenhum lugar específico. Só pensava *mais um pouco, só mais um pouco*, com o corpo mole, tomado pela mais completa exaustão, e continuava presa ao assento aquecido que esquentava minhas pernas.

À minha direita uma mulher mais velha cochilava, com a cabeça tombada em meu ombro. O peso de todo o corpo dela, não só da cabeça, estava sobre mim. Talvez pudesse despertá-la se a empurrasse de leve. Ou poderia fazê-la mudar de posição, ainda que não despertasse. Mas eu mantinha o corpo tenso para sustentar aquele peso. Era uma tarefa surpreendentemente difícil, servir de apoio sem deixar meu próprio corpo balançar. Se eu também me aconchegasse a ela e adormecesse apoiando minha cabeça na dela, formando uma unidade como mãe e filha, com certeza seria um descanso agradável para nós duas. No entanto, desviei o olhar e fiquei espiando o jornal de esportes no qual o homem à minha esquerda estava absorto.

Ao sustentar o peso da mulher eu tentava escapar, por pouco que fosse, do desconforto que sentia. O peso quente do seu corpo era também o do meu próprio corpo, e senti-lo assim não deixava de ser uma emoção adocicada.

Certa vez, quando era adolescente, dormi profundamente apoiada no ombro de outra pessoa em um trem como aquele. Não foi o sono instável de costume, com a cabeça e o corpo balançando. Foi um sono profundo, agradável. Só quando finalmente despertei, com um empurrão na cabeça, percebi que estivera usando o ombro de alguém como travesseiro. Ah, então era por isso que estava tão gostoso. Fiquei desapontada por aquele sono prazeroso ter uma explicação tão simples. Endireitei rápido o corpo e, murmurando pedidos de desculpas, espiei quem estava ao meu lado. Me deparei com um jovem sorrindo despreocupado, se divertindo com a minha situação. Enquanto eu me atrapalhava com as desculpas, ele se levantou, ainda rindo, e desceu do trem. Segui as costas dele com o olhar e senti, já que ele certamente suportara por um bom tempo o peso do meu corpo, um constrangimento e um apego parecidos com a paixão.

Não me recordava mais do rosto do jovem, nem da minha idade exata nesse dia, mas ainda lembrava desse sentimento que me tirara o ar.

Quando era ainda mais nova, costumava experimentar a mesma emoção em sonho.

Eram sonhos do tempo em que eu ainda não havia compreendido com clareza, como um fato real, que meu pai estava morto. Entendia que era impossível encontrá-lo neste mundo, mas como na minha casa ainda restava, intocado, o cômodo que ele havia habitado, tinha a sensação de que ele continuava respirando ali, invisível para mim. Eu cheguei a este mundo praticamente no mesmo momento em que meu pai partia.

Em sonhos, muitas vezes entrei escondida naquele quarto. Lá dentro encontrava um homem, sentado de costas para mim. Às vezes estava num futom estendido no chão, outras, sentado no meio do quarto frio e deserto. Eu me aproximava por trás dele, temerosa, e então me agarrava às suas costas e largava sobre elas todo o meu peso. Isso fazia com que o homem dobrasse o corpo para a frente, sem resistência, até tombar sobre o tatame como um boneco. Ou ele continuava imóvel, como uma pedra, por mais peso que eu fizesse. Mas, raras vezes, eu conseguia extrair dele a reação de uma pessoa viva. Me pendurava e sentia o calor e a maciez das suas costas. Ele se inclinava só um pouco, em resposta ao meu diminuto peso. E então virava o rosto para me olhar.

Nesse instante, era insuportável continuar sonhando e eu despertava. Um terror violento tirava a luz dos meus olhos e a força do meu corpo. Aquele homem não podia ter um corpo vivo, nem mesmo em sonho. Não era permitido, aos vivos, ficarem diante de um morto reanimado. Sentir outra vez o calor de um morto era, também, roubar o que os vivos possuíam de mais precioso.

Envolta pelo terror, eu era tomada pela sensação de cair rodopiando num vazio escuro. É claro que na infância esses sonhos me apavoravam. Porém, mesmo com o pavor que me imobilizava, eu era atingida por um prazer tão intenso que chegava a me causar culpa. Aquele calor macio, que não deveria ser possível experimentar, me proporcionava uma alegria violenta e ofuscante como um relâmpago. Eu era incapaz de distinguir o terror do prazer. Devia ter uns quatro ou cinco anos.

* * *

Aquele tinha sido mais um domingo em que Sugiyama não apareceu. Acabei me acostumando com suas visitas dominicais. Ele viera apenas três semanas seguidas, mas eu já não sabia mais como passar os longos domingos com minha filha sem ele, não lembrava o que fazíamos antes. Não cheguei a combinar nada com ele, nem mesmo perguntei se viria de novo, então não havia motivo para esperar. Se durante a manhã ele não telefonasse, era porque não viria naquele dia. Os exames finais haviam começado na universidade e talvez ele, que afinal queria muito se formar, não pudesse mais passar tardes inteiras na minha casa. Mesmo alguém como Sugiyama, que tinha tempo de sobra, devia precisar de um domingo para si mesmo vez ou outra. Quando estivesse livre, quem sabe ficaria com vontade de vir brincar com minha filha de novo. O que eu devia fazer era esperar e, se ele aparecesse, recebê-lo com um sorriso, como faria com um irmão mais novo imprevisível.

Mas eu não conseguia evitar a ideia ansiosa de que, sendo jovem como era, talvez Sugiyama nem chegasse a se lembrar dos domingos passados na nossa casa, e que no fim tudo ficaria por isso mesmo, sem nunca mais nos vermos. Ele ainda era estudante, tinha muito a viver. Se havia se interessado em passar alguns domingos na minha casa tinha sido só porque, apesar de já estar com vinte e três anos, continuava encolhido sob as asas dos pais e não tinha amigos homens que o acompanhassem para uma bebida.

Com ele, nós havíamos ido ao mercado comprar ingredientes para receitas excêntricas, brincado no parque de pique-corrente ou de pega-sombra, passeado à toa pelas ruas, e uma vez fomos até o zoológico. Mas era em casa, deitados, que nós três ficávamos mais à vontade e em sintonia. Minha filha montava na barriga de Sugiyama, depois resolvia colocar a cabeça dele no próprio colo e cantar canções de ninar, contava a ele as histórias que sabia, pedia que lesse livros ilustrados ou o mandava cantar alguma música. Ele a entretinha por muito tempo, sonolento, enquanto eu assistia às suas brincadeiras e cochilava. Às vezes, nós dois competíamos, cada um querendo ensinar a ela nossas brincadeiras preferidas. Bolinhas de gude, bafo, pedra-papel-tesoura com os pés, fingir de monstro... Não fazíamos nada mais que isso. Se algumas vezes o abracei, puxei seu corpo para perto de mim, foi só para cochilarmos com mais conforto.

Ele sempre vinha perto da hora do almoço e ia embora antes do anoitecer.

No domingo anterior eu havia passado o dia todo esperando por Sugiyama. Quando saí para fazer compras, deixei um bilhete colado na porta. Voltei apressada, preocupada em não o deixar esperando, mas ele não estava, o bilhete continuava no mesmo lugar. Passei todo o tempo atenta, querendo escutar se ele batesse enquanto lavava roupa e quando, depois de terminar, subi ao terraço para estendê-la, e enquanto limpava minha filha no banheiro. Irritada pela espera, comecei a brigar com ela sem motivo, até que, no fim da tarde, ela abriu a porta de casa para fugir de mim. Depois de agarrá-la e arrastá-la para dentro, ela se pôs a bater com a cabeça na parede, chorando, e quando a peguei no colo, teve uma convulsão de raiva. Manchas púrpura se espalharam pelo seu rosto pálido, os dentes rangeram. Esqueci Sugiyama na mesma hora e a deitei no tatame. Refresquei seu peito, esperei tudo se acalmar, e então saímos de casa.

Desde o Ano-Novo, ela começara a ter essas crises de fúria. De resto, estava até mais bem-humorada do que de costume, apesar de ainda chorar no meio da noite, e eu tinha a impressão de que seu apetite estava melhorando. Mas, provocada por frustrações que aos meus olhos pareciam insignificantes, ela começou a ser tomada, de forma inesperada, pela raiva. Além de ir ao médico em busca de um remédio, pedi a opinião da mãe de uma colega da minha filha, enfermeira em um hospital universitário, com cuja família eu convivia bastante quando ainda morava com Fujino. Felizmente, a menina parecia não ter tido nenhuma crise forte na creche. Eu não me preocupava tanto com as professoras saberem, mas a última coisa que queria era que isso chegasse aos ouvidos de Fujino bem nesse momento em que eu o tinha chamado para a mediação do divórcio. Ele ainda não havia respondido às convocações. A terceira mediação estava marcada para dali a um mês e eu queria conseguir, antes disso, suavizar a raiva que tomava minha filha.

Ainda que Fujino não dissesse nenhuma outra palavra na audiência, com certeza perguntaria sobre o estado da criança. E eu com certeza responderia, seca, que ela estava bem. Então precisava reduzir ao mínimo o temor que sentiria nessa hora. Se acontecesse de Fujino descobrir como ela de fato estava, sem dúvida criticaria meus cuidados maternos com muito mais violência do que fizera até então, e apareceria toda hora no nosso apartamento, inventando de tudo para manter sua pobre filha por perto. Eu achava inevitável que ele me criticasse, e se suas visitas e abraços ajudassem a libertá-la do peso da raiva, teria de aceitá-los também. Entretanto, não conseguia deixar de pensar que seu efeito seria inverso, que encontrá-lo apenas aumentaria a frustração da menina. Porque, agora que a vida de Fujino girava em torno de novas relações, isso seria o máximo de que ele seria capaz: aparecer para abraçar a filha vez ou outra, enquanto seguia com seu dia a dia inalterado e me forçava a obedecer às suas demandas. Ele não teria condições de assumir a guarda dela nem de voltar a viver conosco como uma família. E eu não esperava que ele parasse para refletir, por pouco que fosse, sobre a possibilidade de a raiva da criança ter alguma relação com ele. Eu sentia muito por ela. Seria tão bom se pudéssemos esperar isso dele.

A enfermeira, essa minha conhecida, tinha ficado sabendo pelo próprio Fujino que nós iríamos nos separar quando eu mesma ainda não levava essa história a sério. Ela me contou que, ao ouvir a notícia, ficou atônita e perguntou o que havia acontecido, e que Fujino respondera, com uma expressão revigorada, que iria morar sozinho em outro lugar e que às vezes viria nos visitar, aos domingos ou coisa assim. Questionado sobre a questão do dinheiro, dissera que naquele momento seria impossível me pagar qualquer coisa, afinal ele tinha decidido se separar justamente por não saber nem mesmo como bancar os próprios gastos. Ela achou tudo aquilo um despropósito, mas conseguiu dizer o seguinte:

"Muito conveniente esse arranjo, hein? Qualquer pessoa com filhos adoraria viver assim! Eu não pensaria duas vezes se soubesse que aceitariam esse esquema e receberiam minhas visitas com um sorriso no rosto. Só que as coisas não são assim."

Ela me contou sobre essa conversa pouco depois, o que me encorajou a procurá-la quando, quase um ano mais tarde, precisei falar com alguém sobre as crises da menina.

Passados dois ou três dias ela retornou, dizendo que havia discutido a questão com especialistas e enfermeiras mais experientes, e também pensado nos casos que já vira ou de que ouvira falar. Me perguntou o que eu achava de, por ora, levar minha filha à casa dela de vez em quando. Que não fariam nada de especial, só deixariam as meninas brincarem juntas, iriam ao banho público, jantariam em família, coisas assim. Por sorte as duas já se davam bem na escola, aquela não era uma casa desconhecida, e para eles até ajudaria ter alguém para fazer companhia à filha. Então, no mínimo, as visitas não causariam nenhum problema.

Mas elas já brincam tanto na escola, murmurei, hesitante.

É diferente na escola e em casa, respondeu ela.

Talvez a sua filha esteja tensa demais... Se dermos a ela alguns momentos para relaxar, sem pensar em nada, não na escola, mas em casa, talvez suas emoções se estabilizem. Até mais rápido do que a gente espera, por ser tão pequena. Enfim, não sei no que vai dar, mas me pergunto se não seria uma boa oferecer a ela um pouco de tempo longe da mãe. Não é questão de você ser uma mãe boa ou ruim, nada disso! Só pensei que talvez ela precise brincar despreocupada.

Decidimos que minha filha dormiria na casa deles a cada quatro ou cinco dias. Segundo minha amiga, ela não sentiu saudades de casa, inclusive ficou tão animada que demorou para adormecer. Chamou a enfermeira de mamãe, não ficou tímida com o marido dela, que chamou de papai, pediu tudo o que queria sem embaraço, chegando a empurrar a filha deles para subir no colo e nas costas do "papai", e só chorou uma vez durante a noite.

Aos poucos, não só para minha filha, mas também para mim, aquela casa se tornou um ponto luminoso em meio à cidade.

Nesse dia em que, irritada por esperar Sugiyama, acabei causando um novo acesso de raiva nela, foi para lá que saí andando, sem pensar. Assim que percebeu para onde estávamos indo, seu rosto se abriu num sorriso e ela começou a me puxar pela mão, com gritos agudos de "Rápido, rápido", uma mudança de atitude tão perceptível que me chocou.

Apesar de termos aparecido sem aviso, eles sugeriram que a menina dormisse lá, e eu também aceitei o convite para jantar antes de voltar sozinha para casa. Nem fui capaz de fazer cerimônia, tão imersa estava no alívio de ter sido salva.

No domingo seguinte, Sugiyama também não veio.

Repeti para mim mesma que de jeito nenhum ficaria esperando por ele. Na noite anterior, tinha levado minha filha para passar a noite na casa da enfermeira. Pensei que aquela era uma prova indiscutível de que eu não me importava se ele viria ou não. No entanto, quando chegou a manhã de domingo, meus ouvidos estavam atentos ao som de passos nas escadas ou de batidas à porta. Quando, de fato, esses sons aconteceram, corri para abrir a porta com o coração acelerado. Mas era só o cobrador da assinatura do jornal ou alguém pedindo contribuições para a associação do bairro.

Na hora do almoço, telefonei para minha filha. A enfermeira disse que a menina se recusava a ir embora e pediu que eu ligasse de novo lá pelas duas da tarde.

Depois de fazer, desanimada, a faxina semanal, telefonei outra vez. Escutei, através da linha, o choro da minha filha embaralhado à voz da enfermeira, que tentava convencê-la. Por fim, ela voltou ao telefone, disse que a menina não queria mesmo ir para casa, que para eles não seria incômodo algum ficar mais tempo com ela, pois não tinham planos, e me perguntou o que eu preferia fazer.

Hesitei um pouco, depois pedi que, sendo assim, ficassem com ela mais um pouco.

Certo, então que tal umas cinco?, sugeriu ela.

Enfiei a carteira no bolso do casaco e saí de casa. A raiva que eu sentia da minha filha me deixou desnorteada. Era ridículo ficar ressentida com uma menina de três anos, como se ela fosse uma autoridade pesando sobre minha cabeça. Entendia perfeitamente bem por que ela não queria voltar para casa, mas nem por isso consegui me livrar dessa raiva idiota. Ela era uma criança, como podia não gostar da mãe?

Caminhei até a estação perto de casa, comprei um bilhete para ir ao supermercado grande que ficava a uma estação dali e entrei no trem. Depois de encontrar um assento livre e me sentar, não me levantei mais. Nem na estação seguinte, nem na outra.

Na penúltima parada, a mulher que dormia profundamente com a cabeça no meu ombro despertou de repente e, sem me olhar, desembarcou apressada. No ponto final, me levantei. Segundo o relógio da estação, ainda não passava das três horas.

Eu tinha chegado a uma província vizinha, numa cidade onde havia um grande porto. Na infância eu tinha visitado aquela região em uma excursão de escola. Mesmo da plataforma já dava para ver os mastros dos navios.

Saí da estação e fui caminhando pela cidade, perguntando aos transeuntes onde havia uma boa vista do porto. Me ocorreu a ideia excitante de que, ao caminhar assim sem levar nada e de sandálias, eu devia parecer uma moradora do bairro.

Cheguei a um parque numa elevação. O porto se estendia à esquerda. Fui até o trecho da cerca que mais se aproximava dele e parei para examinar cada uma das embarcações atracadas. Havia seis grandes navios estrangeiros e dois pequenos cargueiros locais. Além deles, naquele exato instante um barco de casco rosado se afastava, mas não consegui ver nenhum detalhe, talvez a névoa sobre o mar deixasse sua imagem esbranquiçada e turva.

Pousei os olhos naquele vulto rosa indistinto, que foi, pouco a pouco, diminuindo. Tinha uma cor pálida e sem graça. Mas na superfície do oceano, que reluzia como uma placa de zinco, chamava a atenção justamente pela cor clara.

Enquanto eu o acompanhava com o olhar, o navio se tornou um pontinho, que por fim se dissolveu na luz embotada do mar. Com um tremor, soltei todo o ar preso no peito. Voltei a analisar os navios estrangeiros no porto, mas as outras embarcações já não me interessavam. O ponto cor-de-rosa bruxuleava no meu campo de visão como um inseto.

Dei as costas para o mar e passei os olhos pelo parque. Achei um telefone público. Corri até ele, sentindo que desde o começo eu tinha a intenção de fazer um telefonema.

Primeiro, liguei para a casa de Sugiyama. Foi a mãe quem atendeu, antipática, e passou para ele. Sugiyama soou distraído, talvez preocupado porque a mãe estava ouvindo.

Disparei a falar:

— Liguei porque, se eu não te disser isso agora, acho que nunca mais vou conseguir. Você tem que dar o fora daí. É o que você quer, não é? Eu, que te conheço desde o tempo de escola, sei bem. E aí pensei o seguinte: realmente, não dá pra você só pegar e sair de casa na pressa, de qualquer jeito. Tem que pensar com calma, ainda mais no seu caso, com um complexo de inferioridade desse tamanho. Mas tudo bem, você vai conseguir, tá na hora. Se continuar assim, debaixo da asa dos pais, vai virar um idiota completo… Você não precisa se sentir obrigado a ficar, sabe? Não é só porque são seus pais que eles vão te proteger. Só te machucam, desde criança, e quando veem as feridas que já te causaram querem te machucar ainda mais. E escuta, não tem isso de ah, mas são meus pais. Pais são pessoas como outras quaisquer. Não se deixe enganar por esse papo de que pai é pai, tem uns que é preciso abandonar, pelo nosso próprio bem. Então, olha só: por enquanto você pode ir lá pra casa. Se hospeda lá, comigo. Eu libero aquele quarto pequeno, voltado pro leste, pra você usar. Pra mim seria ótimo, fico mais tranquila tendo você por perto. E minha filha também vai adorar a casa cheia, então o aluguel pode ser bem baratinho, quase nada. Quer dizer, podia até ser de graça, mas acho que aí acaba ficando desconfortável. Vamos? Vai ser muito legal. Vida em comunidade e tal. Sei que vai dar certo, sendo eu e você. De verdade, não tô falando só por falar não, é porque eu acho que a gente faz um bom time. Então pensa com carinho, tá? Por mim, você pode vir quando quiser. Anda, fala alguma coisa! Não vai aparecer outra oportunidade assim tão cedo… Hein? Quando você vem?

Sugiyama disse que sentia muito, mas não tinha nada a ver com aquela história, e desligou.

Ergui os olhos, fitei o brilho difuso do mar, e em seguida disquei o número da casa onde minha filha estava. Quando passaram o telefone para ela, falei:

— Ainda não tá na hora de ir te buscar, mas queria te contar uma coisa que eu vi… Alô? Você tá me ouvindo? Vi um barco. É, um *barco*. Ele era cor-de-rosa. Foi agorinha. Isso! Um barco cor-de-rosa, lá longe no mar. Um dia a gente pode vir juntas pra ver. Você também vai gostar. Eu acho que era bem o tipo de barco que a gente devia pegar!

Minha filha foi respondendo direitinho, arrã, arrã, a tudo o que eu dizia. O telefone não me trazia mais nada além da sua voz, nenhuma conversa, nenhum barulho. Era como se, no mundo do lado de lá, tudo o mais tivesse desaparecido, exceto ela. Vi minha filha sozinha, flutuando no meio da superfície do mar, usando as duas mãos para pressionar o fone grande demais na orelha.

A distância real entre nós duas me dava certa tranquilidade, como se meu corpo se expandisse. Enquanto continuava a enviar minha voz até ela, meus olhos se encheram de lágrimas.

Chamas

No fim da tarde, no caminho entre a estação e a creche, deparei com mais um funeral. Era em uma clínica oftalmológica a que eu já tinha ido. Coroas de flores se amontoavam na frente da antiga construção térrea, e pela porta aberta vi cortinas em preto e branco estendidas até o interior do imóvel. Talvez a cerimônia já tivesse acabado, pois a entrada estava vazia.

A clínica pertencia a um médico idoso e antipático. Ele não parecia ter assistente ou enfermeira, e o movimento de pacientes era pequeno. Caixas de remédio se espalhavam pelo consultório, que tinha o piso inclinado. Supus que era ele quem tinha falecido, mas não dava para saber. Tive vontade de entrar e perguntar de quem era o funeral. No entanto, não parei de caminhar nem mesmo ao chegar na frente de casa.

Eu vinha encontrando muitas mortes. Não sei dizer com quantos funerais esbarrei nessa época ao andar pela rua. Não é possível que tenham sido tantos, mas eu tinha a sensação de que uma nova morte me esperava a cada esquina. E eu não podia deixar de me perguntar o que essa sucessão de gente morta tentava me dizer ao surgir assim à minha frente.

Estávamos no clima instável da transição entre inverno e primavera. Em alguns dias havia um vento morno constante, em outros a neve se acumulava. É uma estação em que doentes tendem a morrer, e eu morava em um bairro antigo, com muitos idosos. Talvez fosse inevitável que a morte chegasse com tanta frequência. A minha presença não afetaria a quantidade de mortos que o bairro teria naquele ano. Não deveria afetar. No entanto, sempre que topava com um funeral na rua, sentia que tinha algo a ver comigo. Causei mais uma morte, eu pensava.

A primeira foi na floricultura que ficava na calçada oposta ao meu prédio. Quem morreu foi a dona da loja. Montaram uma tenda da associação do bairro bem em frente. Foi um funeral grande, com muitas coroas de flores. O estabelecimento reabriu menos de uma semana depois. Eu e minha filha reparamos que a mulher de meia-idade que atendia no balcão, provavelmente filha da finada proprietária, tinha os olhos vermelhos como se estivesse chorando até um momento antes.

Em seguida, morreu o senhor da barbearia ao lado, já aposentado. Durante dois dias, para entrar e sair de casa, tivemos que desviar dos suportes com coroas de flores.

Ao passar por mais um funeral, numa casa perto da creche, pensei pela primeira vez, com um calafrio, que aquilo já era demais.

Mas as mortes continuaram. Nessa época faleceu Kobayashi, meu antigo chefe. Ele estava internado havia quase um ano, com cirrose. Suzui, o chefe que o substituiu, me deu a notícia assim que cheguei à biblioteca pela manhã, depois foi ao funeral com uma oferenda de condolências que incluía meu nome. Voltou no fim da tarde, dizendo que fora uma boa cerimônia, modesta, mas que a situação parecia complexa, pois havia duas mulheres com ar de esposa e ele tinha ficado sem saber quem cumprimentar.

Nem a morte de Kobayashi me causou tristeza. Eu estava envolta pelo espanto e pelo temor. Começava a pressentir, nas mortes à minha volta, alguma intenção.

E continuei a encontrar funerais, com alguns dias de intervalo.

Foi nesse mesmo período que uma gripe me deixou de cama. Me sentia mal desde cedo, e, à noite, quando não consegui mais ficar em pé na cozinha, medi minha temperatura e vi que já passava dos trinta e nove graus. Deitei no quarto maior, aqueci as pernas sob o edredom do *kotatsu* e chamei minha filha.

— A mamãe tá doente. Não consigo fazer nada desse jeito. E agora? Quer que eu ligue para a casa da Mitchan e peça para o papai ou a mamãe dela virem te pegar? Você pode dormir lá, que nem sempre.

Desde que os pais de Mitchan sugeriram isso como forma de dar um respiro para minha filha, ela costumava dormir uma vez por semana na casa dessa colega. Aos poucos aquele lugar tinha se tornado indispensável para nós duas. Meu marido, Fujino, tinha ignorado a terceira convocação para a mediação de divórcio. As cartas e os telefonemas dele haviam cessado, e ele não ficava mais cercando nossa filha. Não havia mais nenhum sinal dele na minha vida. Daria pra dizer que meu cotidiano andava mais tranquilo, mas eu passava os dias com o corpo tenso, com uma sensação próxima do medo, como se não tivesse mais onde me agarrar. Minha filha de três anos reagia a esse meu estado com frequentes convulsões de raiva.

Desde o começo, as noites passadas longe foram uma grande alegria para ela. Eu fiquei aflita, sonhei muitas vezes que havia perdido a menina na cidade e chorei enquanto dormia. Mas, passado algum tempo, consegui aproveitar essas noites para mergulhar num sono profundo, me espalhando à vontade na cama, e eu mesma passei a sugerir se ela não queria ir para a casa da Mitchan. Ela ficava tão contente que saía cantando uma musiquinha improvisada: *Amanhã vou pra casa da Mitchan!, Amanhã vou pra casa da Mitchan!*

Eu perguntava se podia ir também e ela respondia animada, pode sim, mamãe, vem comer com a gente. Então eu tinha vontade de cantar e dançar com ela, *Amanhã vamos pra casa da Mitchan!*

Nesse dia, quando descobri que estava com mais de trinta e nove graus de febre e passaria pelo menos um dia de cama, minha primeira reação foi pedir socorro àquela família. Não podia falar com minha mãe, que morava perto. Não havia contado a ela como as coisas estavam com Fujino. Preferia que ela imaginasse que tudo corria perfeitamente bem, que eu e minha filha éramos a imagem da saúde. Mantinha a mesma postura diante dela e de Fujino.

Minha filha, porém, não se alegrou nem um pouco ao me ouvir falar na Mitchan.

— Tudo bem. Não quero ir pra Mitchan, vou ficar com você, mamãe. Você tá dodói, não?

Fiquei surpresa e insisti:

— Você não quer ir pra casa da Mitchan? Acho que nem consigo te levar pra escola amanhã, viu? Você vai ter que faltar.

— Tudo bem. Você tá dodói?

Ela repetiu a pergunta, analisando meu rosto. Pelo visto, o assunto da doença capturara toda a sua atenção. Fiz que sim e encostei a mão dela na minha testa.

— Que quente! Tá dodói mesmo.

Seus olhos brilharam. Ela seguiu tocando minha testa, meus lábios, minhas mãos, o rosto corando de excitação.

Me levantei, servi pão de fôrma, leite e salsicha para ela, depois me enfiei no futom estendido no quarto menor e adormeci na hora.

Quando despertei, no meio da noite, tinha na testa um trapo de limpeza encharcado, enquanto minha filha dormia enrodilhada em cima do futom, ainda de roupa. A luz do quarto e a televisão estavam ligadas.

No dia seguinte, não saímos de casa. Passei o dia todo cochilando, enquanto ela secava meu rosto com uma toalhinha, checava a minha febre, enchia copos de água e molhava todo o chão ao tentar me dar de beber, assistia à televisão e tirava longos cochilos, usando meus braços como travesseiro. Comemos mingau de arroz juntas. E, nessa noite, ela também teve febre, quase quarenta graus. Foi minha vez de passar a madrugada colocando toalhas úmidas na testa dela e secando o suor do seu pescoço e do seu peito.

Na manhã do terceiro dia, como a minha temperatura já havia baixado para quase trinta e sete graus, carreguei a menina nas costas até o médico e peguei remédios para nós duas. Mesmo sabendo que deveria comprar ao menos leite e ovos, voltei direto para o apartamento, onde tomamos a medicação e voltamos a dormir.

Só no dia seguinte a febre dela começou a ceder, mas em seguida veio a diarreia que sempre tinha ao se recuperar de uma gripe. Coloquei nela as fraldas que já não usava mais, mas isso não impediu que sujasse as pernas e as cobertas. O apartamento ficou estranhamente aconchegante, preenchido por esse cheiro e pelo calor dos corpos. Enquanto lavava as fraldas como quando ela era bebê, senti o corpo mole e fraco, como se ainda estivesse febril. Mas, de súbito, me dei conta de que era sábado. Eu teria mais um dia inteiro para descansar, sem dar satisfação a ninguém. A geladeira estava vazia desde o dia anterior. À tarde deixei a menina dormindo e fui fazer compras. Além de leite, ovos e verduras, comprei banana. Recordei como, quando ela era bebê, eu lhe dava banana raspando a lateral da fruta com a colher e levando a polpa macia à sua boca, de pouquinho em pouquinho. Mas não consegui lembrar que tamanho ela tinha nessa época.

À noite, aqueci água na cozinha para limpar nossos corpos pela primeira vez em três dias. Fui passando a toalha úmida na minha filha, limpando o rosto, as mãos, o peito, as costas. Quando ela começou a sentir cócegas e tentar fugir, a segurei com a mão esquerda e limpei com cuidado da cintura para baixo. Então troquei a água da bacia e, enquanto ela me observava, despi o torso e comecei a passar a toalha quente no meu pescoço e nos meus braços. Quando cheguei ao peito, ela estendeu uma mão tímida em direção a meu mamilo. Pausei o movimento da toalha e observei seu gesto. Ela agarrou o mamilo por um instante e logo recolheu a mão, rindo alto. Eu também encurvei as costas e escondi os seios com os braços, surpreendida por cócegas inesperadas.

Depois de gargalhar no futom, ela ergueu a cabeça e perguntou:

— Pode de novo?

Hesitei um pouco, mas concordei. Ela agarrou mais uma vez meu mamilo e o apertou com força, tentando esmagá-lo entre os dedos.

— Ai! Assim estraga!

Me desvencilhei da sua mão. Mais do que dor, senti um calafrio. Quando minha filha, recém-nascida, sugou meu seio pela primeira vez, estremeci com a mesma sensação. Um calafrio acompanhado de uma alegria aguda.

— Dói? — perguntou ela, fitando ressabiada meu mamilo.

— Claro que dói! Se estragar esse, não sai outro não, viu?

Vesti rápido o pijama. Estava desorientada, como se a menina pudesse enxergar o arrepio que me assaltara.

— Tudo bem, sai sim.

— Sai nada. Nem leite sai mais.

— Não sai mais leite?

— Não. Mas você mamou bastante quando era nenê.

— Quero mamar agora... — seus olhos voltaram a brilhar.

— Agora não sai mais, já falei!

Me levantei e fugi, rindo, para a cozinha. Mas, depois que nos deitamos para dormir, já com as luzes apagadas, ela veio de novo pegar no bico do meu peito, dizendo com voz risonha:

— Sou um nenê!

— Nossa, então é um nenê que tem aqui? Verdade, tá até usando fralda...

— Niau, niau.

— Nossa, que choro mais esquisito que tem esse nenê! Parece um gato.

Não consegui conter o riso. Ela se segurou para não rir e continuou a imitar um bebê chorão.

— Niau, niau, tô com fooome! Mamá, mamá...

— Puxa, essa nenê já sabe até falar?

— Niaaaauu! Quelo tetê.

— Tá bom, toma um tetê, nenezinho.

Com gestos exagerados, eu a puxei para perto de mim, subi a camiseta do pijama para expor o peito e pressionei seu rosto contra o meu mamilo. Ela o colocou na boca só por um segundo, mas logo caiu na risada, constrangida, e afastou os lábios por conta própria. Ainda assim, continuou com o queixo apoiado no meu peito e começou a chupar a barra do meu pijama. Desde bebê ela tinha essa mania de chupar algum tecido para pegar no sono.

Naquela madrugada, tive um sonho.

Estava em um passeio, como uma excursão ou uma visita de campo, com cerca de vinte pessoas. Pelos rostos, eram colegas dos meus primeiros anos de escola, mas estavam todos crescidos, da altura de adultos.

Esperávamos por algo no patamar de uma escada feia dentro de um prédio. Alguns tomavam um refresco, outros saíam para usar o banheiro. Vou aproveitar agora, pensei, e comecei a trocar de roupa.

De repente, percebi que todos me encaravam, inconformados. Olhei o meu corpo e vi que meu seio direito estava para fora do sutiã. Espantada, tentei cobri-lo, mas era impossível.

Ouvi uma voz irritada: o que você tá fazendo? Que indecência. Termina de se vestir de uma vez, exclamou outra pessoa. Você fica aí enrolando, dá nisso! É uma vergonha! De onde tirou a ideia de se trocar num lugar desses? Pois é, ela não tem nenhuma noção. Não tem jeito.

Enquanto minhas mãos se moviam atrapalhadas, pensei que era uma boa pergunta — por que raios eu não tinha ido me trocar num lugar mais discreto? Achei que ninguém estava vendo e que eu faria tudo num segundo, foi só isso, mas e agora? O sutiã e a blusa estavam enganchados, eu não conseguia entender onde estavam as mangas, onde estava o buraco para a cabeça, pelo jeito precisaria tirar tudo para conseguir terminar de me vestir. Quanto mais eu revirava minhas roupas, sem saber direito o que fazia, mais exposto ficava meu seio.

Se eu continuasse assim, além de todo mundo ficar bravo comigo, ia dar a hora, todos partiriam e eu ficaria para trás, pensei, e senti as lágrimas escorrerem.

Mas como você é burra! Vai assim mesmo para o banheiro que ainda dá tempo. Vamos, eu te acompanho, disse um homem, empurrando minhas costas.

Fui subindo as escadas com as pernas bambas.

Não tinha ninguém no banheiro. O homem que me acompanhara até lá achou uma cadeira perto das pias e se sentou de costas para mim.

Pronto, vai logo. Não se preocupa, tá vazio.

Ele tinha sido meu colega de sala quando eu era pequena. Havia esquecido seu nome, mas lembrava bem do rosto. As costas eram como as de uma criança que tivesse apenas aumentado de tamanho.

Tá bom, respondi, e comecei a me despir, amparada pela calma do ambiente. Ia ficar com o torso completamente nu. Achei que era melhor dizer alguma coisa, então pedi ao homem que não olhasse para mim.

Ele deu risada: e eu lá quero ver a essa altura?

Tem razão...

Tranquilizada, despi toda a parte de cima do corpo e comecei a desenganchar a blusa e o sutiã. Meu braço esbarrou no ombro do homem. Senti a textura suave da pele dele. Reparei que também não estava vestido. Era do tamanho de um adulto, mas tinha as costas macias de uma criança rechonchuda. Todo movimento que eu fazia acabava encostando alguma parte do meu corpo nele — uma mão, um ombro, um mamilo. Fui ficando sem ar. O que estava acontecendo? Aquilo não fazia sentido. Minha visão escureceu, enquanto a pele dele e a minha começavam a reluzir. Quis gritar de medo, mas estava hipnotizada por esse brilho.

Quando acordei de manhã, percebi que meu mamilo ainda doía de leve. Olhei para minha filha, que dormia ao meu lado, e deixei escapar um suspiro. Lembrei das várias mortes que se repetiam ao meu redor.

Eu havia retomado o trabalho na biblioteca quando Fujino me ligou, depois de três meses sem nos falarmos. Fui encontrá-lo em um café ali perto. Ele estava deixando o cabelo crescer.

Fujino perguntou como eu estava, respondi que estava ótima.

— Você quer o divórcio, né? — disse ele. — Vai continuar me chamando pra mediação?

Fiz que sim.

— Deixa disso, anda. Se você quer tanto assim, te dou o divórcio. É uma pena que a gente não tenha conseguido conversar num clima melhor. Já vai fazer um ano que a gente se separou... Não aguento mais. Estou esgotado.

Fiquei surpresa e o encarei. Já tinha começado a nutrir certa resignação, uma sensação vaga de que passaria o resto da vida sendo esposa de Fujino. No entanto, disse a mim mesma que não podia acreditar naquilo com tanta facilidade. Fujino era um homem volúvel.

— Pensei muito sobre tudo isso, acho que nunca na vida tinha quebrado tanto a cabeça com alguma coisa. Mas não tem jeito, afinal eu é que fui embora... Cuida bem da menina, tá? Depois a gente conversa mais sobre isso. Mas não se preocupa, deixo a guarda pra você. Eu não consigo fazer nada por ela...

Com um sorriso amargo, ele tirou um papel do bolso interno do paletó e me entregou. Era o formulário de entrada no divórcio que eu havia enviado a ele no outono do ano anterior. Eu já tinha preenchido as minhas informações, e agora a parte dele também estava completa, com o seu carimbo pessoal. A seção para testemunhas continuava em branco.

— Entrega você. Deixo por sua conta.

— ... Mas tudo bem?

Essa pergunta idiota foi tudo o que consegui dizer. Aquilo fora tão repentino que meu corpo estava anestesiado, os olhos presos no formulário.

— Como assim, "tudo bem"? É o que você queria, não era? Estou só te dando o que você pediu.

— ... Obrigada.

Quando dei por mim, estava baixando a cabeça. Queria repetir a pergunta, insistir se ele tinha certeza, que talvez estivéssemos cometendo um erro terrível. Era verdade que eu passara todo esse tempo querendo o divórcio, mas na contramão desse sentimento queria me agarrar ao peito de Fujino, protestar que talvez não devêssemos fazer isso. Não era outra coisa que nós desejávamos, algo diferente? Na realidade, porém, só permaneci sentada à sua frente, de cabeça baixa.

Ao se despedir, ele me explicou que por ora não conseguiria devolver o dinheiro que pegara emprestado e que gostaria de poder pagar pensão em algum momento, mas agora era impossível. Que ele não pretendia abandonar o sonho de fazer um filme e construir um pequeno teatro, muitas pessoas estavam contando com ele. Então se levantou:

— Foi mal ter te ligado no meio do trabalho. Até.

Baixei a cabeça mais uma vez e murmurei:

— ... Desculpa.

Fujino pagou nossos cafés e em seguida desapareceu.

Aquilo tinha acontecido de verdade? Por um tempo não consegui me levantar da mesa. A magnitude do que eu havia perdido me imobilizava. O que quer que houvesse acontecido entre nós naquele último ano, Fujino era o homem com quem eu tivera mais intimidade na vida. O único para quem quis mostrar meus sentimentos de verdade, sem fingir nada. Queria que ele compreendesse, ao menos, que eu não guardava nenhum ódio ou rancor. Mas era possível que Fujino pensasse a mesma coisa. Talvez exista um tipo de conexão em que ambas as partes precisam acreditar que são odiadas. Nem eu nem ele queríamos que nossas vidas acabassem tão cedo.

A força foi se esvaindo do meu corpo.

Quando percebi, o clima já havia esquentado.

Numa madrugada, fui despertada de súbito por uma grande explosão. Senti o prédio todo tremer. Minha filha também acordou, chorando. Com o coração acelerado e me perguntando o que teria acontecido, subi com ela até o terraço. Busquei por toda a cidade e não notei nada de estranho. Mas havia pessoas se debruçando nas janelas de vários prédios, então pelo menos eu não tinha sido a única a ouvir a explosão.

O que poderia ter sido aquilo? Passei mais uma vez o olhar pela paisagem, enquanto afagava a cabeça da menina, que continuava a chorar de susto.

De repente, junto com um flash de luz, senti um impacto tão violento que pareceu abrir fissuras não só no prédio, mas até nos nossos corpos. Por instinto, fechei os olhos e me encolhi, depois voltei a olhar ao redor. Um estrondo ecoou no céu noturno, muito mais alto do que o que me despertara. E, ao mesmo tempo, um brilho vermelho tingiu o céu. Eu ainda não compreendia o que estava acontecendo, mas a beleza da luz, que rapidamente se espalhava e ganhava brilho, me deixou estupefata.

Mais uma explosão ressoou, e uma nova luz vermelha surgiu no céu noturno. Eu já me esquecera de sentir medo. O horizonte estava todo coberto por um vermelho luminoso como o do pôr do sol. Faíscas reluziam, o brilho ofuscante foi tomando o lado direito do céu como uma coisa viva, e em volta via-se o clarão vermelho da segunda explosão, que ainda não tinha arrefecido. A cidade também se avermelhou, refletindo a cor do céu.

Seguiram-se mais estrondos, pela quarta vez, pela quinta, e depois tudo se aquietou. A coloração do céu, no entanto, ficou ainda mais complexa e cada vez mais bonita.

— Não chora não, olha pra cima! Nunca vi um céu tão lindo. Que incrível...

Levantei o rosto da minha filha.

— Ah! Mamãe...

Agarrada a mim, boquiaberta, ela também ficou hipnotizada com o céu. Os traços úmidos desenhados pelas lágrimas no seu rosto refletiram a claridade vermelha.

Depois que os estrondos cessaram, a cor começou a desaparecer do céu de acordo com a distância do epicentro das explosões. Esperamos, mas nada mais aconteceu, a paisagem só ficou cada vez mais escura.

Eu e minha filha continuamos paradas no terraço até o céu voltar por completo ao normal. Estávamos as duas trêmulas.

Na manhã seguinte, li no jornal que uma pequena fábrica de remédios, bem longe do nosso prédio, havia explodido por combustão espontânea, resultando em várias mortes.

Pensei que talvez o brilho que tomou o céu durante a noite marcasse o final das mortes que se acumulavam ao meu redor. Pessoas haviam morrido naquela luz. Morrido num instante, quem sabe.

Tive a sensação de enfim entender o que a sucessão de mortes queria me dizer. O brilho do calor e da energia. Meu corpo também estava repleto de calor e energia. Não pude deixar de lembrar como assistira encantada à luz vermelha do céu, na noite anterior, sem sequer pensar na morte.

Corpúsculos de luz

Nessa época, se eu estivesse do outro lado da rua e erguesse os olhos para o meu prédio, via primeiro a janela do meu apartamento, no último andar, depois seguia para a janela logo abaixo, coberta por um grande letreiro escrito "Aluga-se", e só então me sentia satisfeita, como se tivesse visto o que precisava.

Na fachada do prédio em que eu morava, essa placa era o que mais atraía a atenção. De resto, era uma construção sem nenhum destaque, estreita o bastante para chocar um passante mais atento, mas tanto as janelas quadradas de vidro fosco quanto a cor das paredes eram sombrias e discretas, como as das lojinhas antigas que se enfileiravam no entorno, e a não ser que a pessoa se desse ao trabalho de parar e olhar para cima, não perceberia que havia ali um prédio de quatro andares. Olhando o quarteirão com uma certa distância, só a presença daquela placa de "Aluga-se" poderia fazer alguém reparar, enfim, que o imóvel era mais alto do que os sobrados habituais. Ainda assim, não é que a maioria dos transeuntes parasse para olhar aquele anúncio. Banhado dia após dia pelo sol da tarde, o papel já estava totalmente amarelado e devia dar a impressão de ter sido esquecido no vidro, mesmo que a sala não estivesse mais vazia.

Eu estava convencida de que essa placa era responsável, ao menos em parte, pelo fato de a sala do segundo andar continuar desocupada. Não me ocorria nenhum outro motivo para só aquela sala ser desprezada. Não corria nenhum boato de que alguém teria morrido ali e, comparada aos demais escritórios do prédio, ela não apresentava nenhuma desvantagem digna de nota. Na verdade, quase um ano depois da minha mudança, eu a achava até mais agradável que meu próprio apartamento.

À noite, o prédio ficava deserto e sobrávamos só eu e minha filha, no último andar. Quando eu baixava a porta de correr no térreo, depois de me certificar de que não havia mais ninguém nas outras salas, tinha a impressão de que as paredes e os pisos que separavam cada imóvel ficavam transparentes. O edifício inteiro se tornava um único espaço, vasto, por onde minha voz poderia ecoar. Tinha vontade de sair correndo por ele. No entanto, eu só podia circular pelos mesmos lugares que ocupava durante o dia — as escadas e o meu apartamento no último andar.

Quando descobri que a porta do escritório embaixo do meu apartamento não estava trancada, fui invadida por um sentimento infantil de temor e desorientação, como se eu mesma tivesse tornado realidade um fato impossível. Dentro do prédio fechado para o mundo, aquela porta fez com que eu me sentisse diante de algo mágico. Eu a abri e encontrei um cômodo quadrado e deserto onde entravam, filtradas pelo papel na janela, as luzes das lâmpadas de mercúrio dos postes, dos semáforos e neons.

Desde então, passei a frequentar essa sala, mas nunca ficava muito tempo lá. Minha filha dormia sozinha no andar acima e, por mais que ninguém na rua fosse reparar, sentia que precisava esconder minha presença. Não era a proprietária que me preocupava, claro. A questão é que eu estava apegada demais ao lugar, uma simples sala num prédio sem graça, pequeno e antigo. Ficava tão alvoroçada que era difícil respirar, não sabia o que fazer com o corpo, então só caminhava atrapalhada pelo espaço vazio. Olhando pela janela, meus braços se arrepiavam, a cabeça começava a doer, até eu não suportar mais esse estado e acabar fugindo para o andar de cima. E então, de volta ao meu próprio apartamento, pensava na cor suave das luzes que preenchiam a sala logo abaixo e meu apego por ela só aumentava.

Todas as janelas do edifício tinham o mesmo formato, do primeiro ao último andar. Vistas de fora, as janelas do meu apartamento e da sala vazia no andar de baixo eram indistinguíveis, o que me dava certa satisfação. Se no começo eu ficara preocupada que alguém pudesse ocupar o imóvel, depois de um ano já estava totalmente habituada à placa de Aluga-se. Precisava que ele permanecesse vazio. Inclusive comecei a acreditar que de fato não seria alugado. Então, sempre que me dava conta de que a placa estava lá, visível para todos, que bastava alguém ir até a imobiliária e poderia alugá-lo, era como se eu despertasse, e uma ansiedade intensa me invadia. Eu podia me iludir à vontade, mas um dia alguém ocuparia a *minha* sala vazia. Sem dúvida a dona do prédio já estava irritada por não encontrar um locatário.

Muitas vezes pensei que, se era inevitável alguém se tornar dono daquele espaço, o melhor seria eu mesma alugá-lo. A mudança seria fácil, era só descer nossos pertences de um andar para o outro, e mesmo sendo uma sala comercial eu e minha filha poderíamos viver ali sem problemas. A metragem era metade do meu apartamento atual, mas a falta de espaço me parecia uma vantagem.

Um cômodo vazio, onde só as luzes pálidas dançavam. Gostaria de poder me deitar bem no meio dele e passar ali os longos dias que eu e minha filha ainda tínhamos pela frente. Jogar fora nossas cortinas e a mesa baixa de jantar. Qualquer coisa que nos convidasse a relaxar, uma almofada que fosse, poderia nos causar dor se eu a deixasse por perto. Minha filha dormia na casa de outras pessoas sempre que tinha vontade.

Eu vagava pela cidade querendo conversar com desconhecidos. Passávamos várias noites assim. Mas eu não me esquecia dela e nem ela de mim, e desejávamos cada vez mais encontrar na outra uma fonte de alegria.

Para duas pessoas nessa situação, talvez uma sala vazia fosse o melhor lugar para dormir.

Na primavera, um ano e um mês depois de eu ir viver sozinha com minha filha, recebi do meu marido o formulário de divórcio e o entreguei na prefeitura. Voltei a usar o sobrenome dos meus pais, mas isso não importava, qualquer nome serviria. Fiz um novo registro familiar, no qual eu constava como chefe de família.

Por coincidência, o sobrenome que eu usava até então, Fujino, era igual ao nome do prédio onde eu vivia, o Edifício Fujino III. Mas talvez eu não devesse dizer que era apenas uma coincidência. Quando o corretor me levou para visitar o imóvel, eu já sabia o nome do edifício. Gostei do apartamento iluminado e repleto de janelas. Pensei que queria morar ali. Nessa hora, talvez tenha sentido, por causa do nome do prédio, uma conexão profunda com meu marido e decidido me deixar levar por isso. Nesse período, a perspectiva de me separar dele e começar uma vida nova era aterrorizante.

Durante todo o tempo que morei ali, por ter o mesmo nome do edifício, fui confundida com a proprietária. Recebi inúmeras correspondências por engano, me cobraram a energia e a água usadas nas escadas e nas salas dos outros andares. No passado, uma das salas deve ter sido ocupada por uma casa de crédito, pois às vezes alguém subia até o meu andar e batia à porta, muito aflito, dizendo que queria fazer ou que já havia feito um empréstimo com aquele escritório. Por mais que eu explicasse que não era a proprietária, nem parente dela, e insistisse que não tinha nada com isso, algumas dessas pessoas não se davam por satisfeitas.

Conforme esses episódios se repetiam, será que meu afeto pelo lugar onde vivia foi crescendo sem eu perceber? Assim que mudei de sobrenome, pensei em deixar para trás o Edifício Fujino III, com sua sala eternamente vazia. Foi só então que me dei conta, pela primeira vez, do quão apegada estava ao lugar. Sentia que o calor do meu corpo já se infiltrara em tudo ali — na sala desocupada, em cada degrau das escadas, no som da porta de correr.

Passei a aproveitar qualquer momento livre para checar os anúncios deixados na vitrine das imobiliárias. Queria encontrar um novo apartamento antes que alguém alugasse a sala embaixo da minha casa. Queria deixar para trás intacta, como uma criatura viva, a parte de mim entranhada naquele prédio.

Minha filha passou essa primavera perseguindo flores. No curto caminho entre a creche e nosso prédio, ela colhia mais flores do que era capaz de segurar — dentes-de-leão, julianas, margaridas, azedinhas, verônicas, trevos, bolsas-de-pastor. Seus bolsos, a bolsa que eu levava para a escola, tudo ficava abarrotado de flores amarelas, brancas, azuis. Às vezes ela pedia um saco plástico para as professoras, o enchia de flores e me entregava, com saco e tudo, de presente. Ia agarrando as flores na calçada, nos arbustos dos jardins, qualquer lugar que suas mãos alcançassem, e as arrancava de tal maneira que o saco vinha também com raízes cheias de terra e pedregulhos, ou até mesmo tampas de garrafa e papéis de bala que alguém jogara na rua. Eu separava as flores que ainda não estivessem murchas e as arranjava em copos.

Dentro de casa, as flores também se multiplicavam. Para minha filha, eram criaturas mágicas, lindas, que você podia colher e colher pois sempre nasciam outras, ainda mais fartas. Corria, enlouquecida, por entre os corpos dessas criaturas, e eu, andando ao seu lado, também não podia deixar de me surpreender com a abundância. As cerejeiras, as azaleias, as grinaldas-de-noiva floriram. A menina recolhia as pétalas espalhadas pelo chão, enquanto outras caíam e pousavam no seu cabelo e no seu corpo.

Certa tarde de sábado, busquei-a na creche e pegamos um ônibus até um parque famoso pelas cerejeiras, cercado por um antigo fosso no centro da cidade. Ventava forte. O dia tinha amanhecido escuro e carregado, ameaçando chuva, mas na hora do almoço o sol saiu, e quando chegamos ao parque um céu azul e límpido se abria.

O parque estava bem mais cheio do que eu esperava, bem naquele dia acontecia um evento num dos edifícios que ele abrigava. O pico de floração das cerejeiras fora pouco antes, e as cores vivas das julianas e das flores de mostarda enfeitavam a encosta da colina à beira d'água, que vimos logo ao descer do ônibus.

— Olha o tanto de flores! Uau!

Já peguei ela no colo ali na calçada, e ela ficou agitada, me apressando, impaciente:

— Quero ir lá, naquelas flores!

— Seria legal se desse pra ir...

— Vai logo!

— Não dá pra entrar ali. Tá vendo que não tem ninguém? E mesmo se desse, você podia escorregar no meio das flores e cair direto dentro d'água, *tibum*! O canal é cheio de algas que parecem cobras, você pode ficar presa nelas, se afogar e morrer.

E depois de morta, nem ia boiar, sabia? Ia virar caveira lá no fundo, toda enroscada nas algas. Deve estar cheio de esqueleto.

— Tá nada! Não tô vendo nenhum.

— Não dá pra ver mesmo. A água é verde e beeem funda.

— ... Tem monstro também?

— Talvez tenha... Vai ver eles ficam olhando as flores lá de dentro da água.

— Não vão conseguir ver.

— Eles podem ver só umas coisas brilhantes, bem lá no alto. Amarelas, azuis, cor-de-rosa... Bom, vamos?

Coloquei minha filha no chão e dei a mão para ela.

— Não!! — ela chorou.

— O que foi? Vamos logo.

— Não quero, tô com medo!

Ela tensionou o corpo e se recusou a sair do lugar. Desisti de avançar e me agachei ao seu lado.

— Daqui também dá pra ver as cerejeiras, né? Não precisa chorar.

Ela agarrou meus joelhos e esfregou o rosto no meu peito. Com as duas mãos, acariciei suas costas. Estávamos a uns cem metros da entrada do parque. Muita gente ia ou voltava por essa rua, de onde se via a encosta florida do outro lado do fosso, mas ninguém além de nós parava ali.

Na época do ginásio, eu costumava passar por essa rua quando voltava da escola. Naquele tempo, do outro lado do fosso ainda não havia um parque, só moradias discretas de funcionários públicos. Eram casas pequenas e modestas, cercadas de hortas, e havia até um poço comunitário. Sem dúvida eram habitadas, pois havia até roupa secando nos varais, mas nunca vi ninguém ali. A qualquer hora que passasse, estava sempre deserto.

Pensando agora, talvez eu tenha visto essas casas justamente no curto período entre os moradores precisarem abandoná--las às pressas e a área ser transformada em um parque. Pouco tempo depois, a entrada foi proibida. Então começaram as obras, parei de prestar atenção ao local, e por fim ele desapareceu por completo da minha memória.

Agachada na calçada, com a água esverdeada aos meus pés, eu podia rever aquela cena de quase quinze anos antes, como um sonho ou um filme. Uma paisagem cercada de flores silvestres e árvores frutíferas e impregnada pela luz do sol. Tão luminosa e quieta que chegava a ser perturbador. Bastava se afastar um passo da avenida movimentada, cheia de bondes e carros, cruzar o antigo portão conservado como ruína, e ela se descortinava diante dos meus olhos. Quando a descobri, pensei que não podia contar a ninguém. Ninguém mais podia saber daquele lugar, onde eu tinha vontade de me dissolver na paisagem e me transformar em partículas de luz. Não era possível a luminosidade ter aderido desse modo a um único lugar. Eu apenas assistia a essa cena em que a luz estava imóvel. Nunca pensei em avançar para o seu interior.

Só passei por ali mais uma vez, alguns anos depois de a área se tornar um parque, numa noite em que estava com um rapaz. Tinha sido na mesma época do ano, quando as pétalas das cerejeiras começam a cair. Usava um suéter de mangas curtas. Durante o dia a temperatura tinha subido tanto que cheguei a ficar suada, mas à noite, quando caminhávamos, meus dentes batiam de frio. Lembro que ele, de terno, riu de mim:

"Ainda é abril, não é hora pra essa roupa!"

Quando passamos pelo parque, ele ia uns cinco metros à minha frente. Já fazia um bom tempo que estávamos andando assim. Às vezes ele olhava para trás, e ao ver que eu continuava a segui-lo, acelerava o passo.

Perto da entrada, ele parou ao ser abordado por uma senhora que parecia estar perdida. Também parei, preservando a distância entre nós, e assisti à conversa. Ele explicou o caminho, gesticulando, mas depois deve ter achado que ela se perderia de novo, pois fez sinal para que o seguisse e a acompanhou durante alguns minutos até um cruzamento grande, onde detalhou mais uma vez o restante do percurso. A senhora fez várias reverências para agradecer, depois seguiu adiante. O jovem se virou para mim, coçando a cabeça, e sorriu. Me aproximei, atraída pelo seu sorriso.

"Será que ela vai chegar bem?", murmurou ele, corando, quando parei ao seu lado.

Retribuindo o sorriso, insisti no que vinha pedindo até então:

"Você viu o pessoal lá no parque por onde a gente passou? Se não quer me deixar ir pra sua casa, podemos voltar lá. Não tem problema, não vamos ser os únicos."

A expressão irritada de antes voltou de imediato ao rosto dele.

"... Vai logo pra sua casa, eu te acompanho."

"Não, não quero ir embora assim. Por que você não quer? Pode ser rápido."

"Como você pode falar desse jeito? Pra você, tanto faz se for eu ou não. Vai sozinha e grita lá pra chamar um homem, então. Com certeza, aparecem vários."

"Mas eu quero você..."

"Não aguento mais! Quando a gente está junto, parece que vou virando um animal, me dá aflição. Sou uma pessoa normal, entende?"

"Eu também..."

A raiva transpareceu em seu rosto e, com uma fungada de desprezo, ele me deu as costas e recomeçou a andar.

Nós dois tínhamos compartilhado o prazer sexual logo que nos conhecemos, e desde então seguimos enroscando os corpos, sem gastar tempo com conversas. Eu não entendia por que ele sentia tanto ódio do próprio desejo para agir assim. Não conseguia afastar a ideia de que, se havia algo que podíamos compartilhar, era a sensação física, nada mais. O que mais poderíamos querer, se éramos apenas humanos?

Não me recordava mais da fisionomia daquele rapaz. Dois anos depois, quando já trabalhava na biblioteca, conheci Fujino e tive com ele minha filha.

Ela, que continuava com o rosto enterrado nos meus joelhos, subitamente se pôs em pé e berrou em direção às flores que cobriam toda a encosta:

— Ei! Ô flooores! Eeei!

Esperei ela terminar antes de perguntar:

— Responderam?

Ela fez que sim, muito convicta. Então saiu correndo, às gargalhadas, e me deixou para trás. Ia na direção oposta ao parque.

Uma semana mais tarde, escolhi um lugar para nos mudarmos, e num domingo de manhã, depois de mais duas semanas, saímos do último andar do prédio comercial para o novo apartamento. A sala continuava desocupada.

Comecei a encaixotar tudo às pressas na noite anterior, depois de colocar minha filha para dormir. Era pouca coisa, mas trabalhei direto até amanhecer. Ao acordar e ver a transformação que ocorrera enquanto dormia, ela ficou animada e saiu pulando de uma caixa para outra.

O novo apartamento não era longe dali, dava para ir a pé. Quando fui visitar o imóvel, os antigos moradores, um casal com o filho, esperava o caminhão de mudança chegar, olhando os próprios pertences encaixotados.

Ficava em uma rua estreita e sinuosa, em meio a outros prédios residenciais baixos.

É aquele ali, disse o corretor que me acompanhava, apontando para uma porta no andar de cima. No corredor aberto, usado também para estender roupa, um menino de uns quatro anos, sentado com uma trouxa, observava meus movimentos sem mudar de expressão. Subi a escada simples de ferro e, quando parei diante da porta indicada pelo corretor, o menino se esgueirou ao meu lado e entrou no apartamento, onde se escondeu atrás da mãe e ficou me encarando.

Expliquei à mulher, como quem se desculpa, que tinha vindo através da imobiliária para ver o imóvel.

— Minha nossa! Não perdem tempo mesmo — exclamou ela.

Depois gritou quem eu era para o marido, que estava no apartamento, e me convidou para entrar, dizendo que ficasse à vontade. Tirei os sapatos e entrei na cozinha, mas as caixas de mudança não permitiram que eu fosse além disso. De qualquer maneira, o lugar era tão pequeno que não havia necessidade de caminhar para vê-lo por completo. Era composto de um cômodo de cinco ou seis metros quadrados junto à cozinha, e na sequência outro com o dobro disso, voltado para o norte. Uma tábua de plástico verde fechava a janela do segundo quarto para garantir privacidade, então era necessário manter as luzes acesas mesmo durante o dia. A porta de entrada e a cozinha estavam voltadas para o sul, mas recebiam pouca luz do sol por causa do prédio ao lado. Pelo visto, a única janela por onde alguma luz conseguia entrar era a que dava para a rua.

Enquanto eu estava ali parada, tendo tirado os sapatos mas sem ter para onde ir, a mulher começou a me contar sobre o apartamento, com o ímpeto de quem estava na correria da mudança. Disse que haviam morado lá durante quatro anos e meio. Que ela certamente não podia dizer que era um apartamento bom, escuro daquele jeito. Que nunca se entenderam com a senhora que morava sozinha no andar de baixo porque era maluca, bastava andarem normalmente dentro de casa e ela desembestava a bater no teto com toda a força, e eles também não deixavam barato, revidavam esmurrando o chão, mas que alguém mais frouxo teria uma crise de nervos vivendo ali. Disse que as únicas vantagens que podia mencionar eram o aluguel barato e o fato de aceitarem crianças.

— A gente mudou para cá às pressas, quando eu estava de barriga, e agora olha o tamanho que tá esse menino. Nem sei como a gente aguentou essa velha pentelha até hoje. O que acontece é que ela queria vir morar aqui em cima, entende? Se você vier pra cá, vai ter que peitar ela desde o começo, viu? Não sei se você leva jeito...

— Deixa de papo, mulher! Ainda tem coisa pra arrumar.

Com a bronca do marido, que ia e vinha atarefado pelo cômodo maior, a mulher me deu um sorriso sem jeito e se calou. Eu agradeci e deixei o apartamento às pressas. Ao descer as escadas, espiei pela janela do andar de baixo. A cortina xadrez cor de laranja estava semiaberta, mas não dava para ver nada lá dentro, pois havia uma cristaleira e uma estante de livros encostadas na janela.

Pensei que não havia pressa, pois, querendo ou não, acabaria encontrando a vizinha alguma hora, e voltei para a imobiliária.

Deixei o depósito pago e voltei para o prédio bem na hora em que o sol do fim de tarde invadia o apartamento, fazendo tudo cintilar com um fulgor vermelho tão intenso que era sufocante. Passei algum tempo em pé na porta, olhando para dentro como alguém que já está a anos de distância de uma cena e não consegue mais se lembrar dela com clareza.

Era uma imagem quieta, em que absolutamente nada se movia.

Depois que o sol da tarde se foi e os cômodos mergulharam na penumbra azulada, desci mais uma vez até a rua para buscar minha filha, que brincava numa casa ali perto.

ESTA OBRA FOI COMPOSTA PELA ABREU'S SYSTEM EM ADOBE GARAMOND
E IMPRESSA EM OFSETE PELA GRÁFICA BARTIRA SOBRE PAPEL PÓLEN BOLD
DA SUZANO S.A. PARA A EDITORA SCHWARCZ EM ABRIL DE 2025

A marca FSC® é a garantia de que a madeira utilizada na fabricação do papel deste livro provém de florestas que foram gerenciadas de maneira ambientalmente correta, socialmente justa e economicamente viável, além de outras fontes de origem controlada.